FABULA

105

DELLO STESSO AUTORE:

Amori ridicoli
I testamenti traditi
Il libro del riso e dell'oblio
Il valzer degli addii
Jacques e il suo padrone
L'arte del romanzo
L'immortalità
L'insostenibile leggerezza dell'essere
La lentezza
La vita è altrove
Lo scherzo

Milan Kundera

L'identità

Traduzione di Ena Marchi

ADELPHI EDIZIONI

TITOLO ORIGINALE:
L'identité

Prima edizione: ottobre 1997
Quinta edizione: dicembre 1997

ISBN 88-459-1344-9

L'IDENTITÀ

1

Un albergo in un paesino sul mare di Normandia, che avevano trovato per caso sfogliando una guida. Chantal arrivò il venerdì sera per trascorrervi una notte da sola, senza Jean-Marc, che l'avrebbe raggiunta il sabato verso mezzogiorno. Lasciò la sua valigetta in camera, poi uscì, e dopo una breve passeggiata per strade sconosciute, tornò in albergo e andò al ristorante. Erano le sette e mezzo e la sala da pranzo era ancora vuota. Si sedette a un tavolo e aspettò che qualcuno si accorgesse di lei. All'altra estremità del locale, accanto alla porta della cucina, due cameriere discutevano animatamente. Chantal, che detestava gridare, si alzò, attraversò la sala e si fermò a qualche passo da loro: ma quelle erano troppo infervorate nella discussione.

« Te l'ho detto, sono già dieci anni. Io li conosco bene. È terribile. E non c'è nessuna traccia. Nessuna. Ne hanno parlato alla televisione». E l'altra: «Ma che cosa gli sarà successo?». «Non ne hanno la minima idea. È questa la cosa più tremenda». «Un delitto?». «Hanno perlustrato tutti i dintorni». «Un rapimento?». «Ma chi può essere stato? E perché, poi? Non era uno ricco, e nemmeno importante. Li hanno fatti vedere alla televisione, i figli e la moglie. Erano disperati. Ma ci pensi?».

Alla fine notarono la sua presenza, e la più anziana si voltò verso di lei: «La conosce quella trasmissione sulla gente scomparsa? *Perso di vista,* si chiama».

«Sì» disse Chantal.

«Allora forse ha saputo di quello che è successo alla famiglia Bourdieu. Sono di queste parti».

«Sì, è orribile» disse Chantal, non sapendo come dirottare la conversazione dalla tragedia su una volgare questione di cibo.

«Ma lei vorrà cenare» disse alla fine l'altra cameriera.

«Sì».

«Si accomodi pure. Vado a chiamare il maître».

La più anziana, però, aggiunse: «Ma ci pensa? Una persona che le è cara sparisce, e lei non saprà mai che cosa le è successo! C'è da diventare pazzi!».

Chantal tornò al tavolo, e dopo pochi minuti arrivò il maître. Ordinò una cena fredda, semplicissima: mangiare da sola non le piace affatto, anzi, è una cosa che detesta.

Tagliava il prosciutto nel piatto senza riuscire a interrompere il corso dei pensieri suscitati dalle parole delle due cameriere: in un mondo come questo, in cui ogni nostro passo viene controllato e registrato, in cui siamo tenuti d'occhio dalle telecamere piazzate nei grandi magazzini, in cui ciascuno vive sempre a stretto contatto con gli altri, dove non si può nemmeno far l'amore senza dover rispondere il giorno dopo a inchieste e sondaggi (« dove fa l'amore, di solito? » – « quante volte alla settimana? » – « con o senza preservativo? »), com'è possibile che qualcuno riesca a sfuggire alla sorveglianza e a sparire senza lasciare tracce? Sì, Chantal la conosce bene quella trasmissione, con quel titolo orripilante, *Perso di vista*, la sola trasmissione che lei trovi disarmante per la sua sincerità, per la sua desolazione, come se un qualche intervento esterno avesse costretto la televisione a rinunciare a ogni frivolezza: il presentatore, con aria grave, invita gli spettatori a fornire testimonianze che possano contribuire a far ritrovare la persona scomparsa. Alla fine della trasmissione vengono mostrate in sequenza le fotografie di tutti i « persi di vista » dei quali ci si è occupati nelle puntate precedenti: ve ne sono alcuni di cui non si hanno notizie da undici anni.

E immagina che un giorno le accada di perdere in quello stesso modo Jean-Marc. Di non saperne più nulla, di non poter fare altro che immaginare. Non avrebbe neanche la possibilità di uccidersi, perché il suicidio sarebbe un tradimento, il rifiuto dell'attesa, la rinuncia alla sopportazione. Sarebbe condannata a vivere fino all'ultimo dei suoi giorni in preda a un orrore perenne.

2

È salita in camera, ha stentato ad addormentarsi e si è svegliata in piena notte dopo un lungo sogno. Le apparivano solo figure del suo passato: la madre (morta da tempo), e soprattutto il suo ex marito (sono anni che Chantal non lo vede, e l'uomo del sogno non gli assomigliava affatto, come se il regista avesse scelto un attore sbagliato per quella parte); c'erano anche la sorella di lui, prepotente ed energica, e la sua nuova moglie (Chantal non l'ha mai incontrata, eppure, nel sogno, era certa che fosse lei); alla fine lui le faceva delle vaghe proposte erotiche, e la sua nuova moglie baciava con forza Chantal sulla bocca, cercando di infilarle la lingua tra le labbra. Due lingue che si leccano le hanno sempre dato una sensazione di disgusto. Ed è stato proprio quel bacio a svegliarla.

Il malessere provocato in lei dal sogno è così eccessivo che Chantal si sforza di individuarne la ragione. Ciò che l'ha tanto turbata, pensa, è l'abolizione del presente operata dal sogno. Perché Chantal tiene disperatamente al suo presente, e per nessuna ragione al mondo lo scambierebbe con il passato o con il futuro. È per questo che non le piacciono i sogni: perché impongono una inaccettabile uguaglianza tra le diverse epoche di una stessa vita, una contemporaneità che appiattisce tutto quanto uno ha vissuto; i sogni svalutano il presente negandogli la sua posizione privilegiata. Proprio come nel sogno di stanotte: un intero periodo della sua vita è stato annientato, Jean-Marc, la casa in cui vivono, tutti gli anni trascorsi insieme; il loro posto è stato occupato dal passato, dalle persone con cui da tanto tempo Chantal non ha più rapporti e che hanno tentato di catturarla nella rete di una banale seduzione erotica. Sentiva ancora sulle proprie le labbra umide di una donna (non brutta, peraltro: nella scelta dell'attrice il regista del sogno è stato piuttosto esigente), ed era una cosa così sgradevole che, in piena notte, è andata in bagno a lavarsi la faccia e a sciacquarsi la bocca, a lungo.

3

F. era un vecchio amico di Jean-Marc: si conoscevano fin dai tempi del liceo. La pensavano allo stesso modo, andavano d'accordo su tutto, ed erano rimasti in contatto finché, parecchi anni prima, Jean-Marc aveva smesso di volergli bene e, da un giorno all'altro, aveva deciso di non vederlo mai più. Quando seppe che F. era ricoverato in un ospedale di Bruxelles in condizioni gravissime, Jean-Marc non provò alcun desiderio di fargli visita, ma Chantal insistette perché ci andasse.

La vista dell'amico di un tempo fu un brutto colpo; Jean-Marc se lo ricordava com'era al liceo: un ragazzo fragile, sempre vestito in modo impeccabile, e dotato di una raffinatezza innata rispetto alla quale lui si sentiva una specie di pachiderma. I lineamenti delicati, femminei, che all'epoca facevano sembrare F. più giovane di quanto non fosse, gli davano ora l'aspetto di un vecchio: il suo volto pareva grottescamente piccolo, rattrappito e grinzoso, come la testa mummificata di una principessa egiziana morta da quattromila anni.

Jean-Marc guardava le sue braccia: uno era immobilizzato, con l'ago della fleboclisi infilato in una vena; l'altro si muoveva in continuazione per sottolineare quello che diceva. Da sempre, quando lo vedeva gesticolare, Jean-Marc aveva l'impressione che rispetto al corpo, già piccolo, le braccia di F. fossero ancora più piccole, addirittura minuscole: due braccine da marionetta. Impressione ulteriormente accentuata, quel giorno, dal fatto che tali gesti infantili stridevano nettamente con la gravità delle parole cui si accompagnavano: F. gli stava raccontando di essere rimasto in coma per parecchi giorni prima che i medici lo riportassero alla vita.

« Avrai sentito parlare di tutto quel che riferisce chi è sopravvissuto alla propria morte: il tunnel in fondo al quale si scorge una luce, la bellezza dell'aldilà da cui si è attratti... E invece, ti assicuro, non c'è nessuna luce. E, quel che è peggio, non si è affatto incoscienti. Tu capisci tutto, senti tutto; solo che loro, i medici, non se ne rendono conto e dicono qualsiasi cosa davanti a te, anche quello che non dovresti sentire: che sei fottuto, che il tuo cervello è morto... ».

Tacque un istante. Poi: « Non che fossi perfettamente lucido. Avevo coscienza di tutto, ma vedevo tutto un po' deformato, come in un sogno. Ogni tanto il sogno diventava incubo.

Nella vita, però, un incubo fai presto a interromperlo: ti metti a urlare e ti svegli; ma io non riuscivo a gridare. Ed era questa la cosa più terribile: non riuscire a gridare. Essere in preda a un incubo senza poter gridare ».

Tacque di nuovo. Poi: « Io non ho mai avuto paura di morire. Adesso ce l'ho. Non riesco a togliermi dalla testa l'idea che anche dopo la morte si continui a vivere. Che essere morti significhi vivere un incubo senza fine. Ma lasciamo perdere. Lasciamo perdere. Parliamo d'altro ».

Prima di arrivare all'ospedale, Jean-Marc era convinto che nessuno dei due sarebbe riuscito a eludere il ricordo dei loro antichi dissapori, e che gli sarebbe toccato dire a F. qualche ipocrita parola di riconciliazione. Ma i suoi timori si rivelarono vani: il pensiero della morte aveva reso futili tutti gli altri. Per quanto cercasse di cambiare argomento, F. continuava a parlare del proprio corpo sofferente. Quel racconto precipitò Jean-Marc nella depressione, ma non risvegliò in lui alcun affetto.

4

Ma è davvero così freddo, Jean-Marc, così insensibile? Un giorno, molti anni fa, venne a sapere che F. lo aveva tradito; d'accordo, il termine è un po' troppo romantico, senza dubbio eccessivo; e in ogni caso non è stato un tradimento particolarmente grave: durante una riunione alla quale lui non aveva preso parte, tutti i presenti avevano attaccato Jean-Marc, che in seguito a ciò aveva perso il posto (perdita incresciosa ma non poi così grave, considerata la scarsa importanza che attribuiva al suo lavoro). A quella riunione aveva partecipato anche F., il quale non aveva detto una sola parola in difesa di Jean-Marc. Le sue minuscole braccia sempre pronte a gesticolare non avevano fatto il benché minimo movimento in favore dell'amico. Jean-Marc, che non voleva commettere un errore, verificò con il massimo scrupolo che F. avesse effettivamente taciuto. Quando ne ebbe la certezza assoluta, per qualche istante si sentì profondamente ferito; poi decise di non vederlo mai più, e provò un'immediata sensazione di sollievo che, in modo del tutto inspiegabile, lo riempì di gioia.

F. aveva concluso il racconto delle sue disgrazie, e a un tratto, dopo un attimo di silenzio, la sua faccina grinzosa da principessa mummificata si illuminò tutta: « Rammenti le nostre conversazioni di quando eravamo al liceo? ».

« Non molto » disse Jean-Marc.

« Pendevo sempre dalle tue labbra quando parlavi delle ragazze ».

Jean-Marc cercò di ricordare, ma non trovò, nella memoria, alcuna traccia delle conversazioni di allora.

« Che cosa avrebbe mai potuto dire, sulle ragazze, un moccioso di sedici anni com'ero io a quell'epoca? ».

« Mi rivedo in piedi davanti a te » continuò F. « che parli delle ragazze. Ti ricordi, mi turbava sempre il fatto che un bel corpo non serva ad altro che a produrre secrezioni; quel giorno ti ho detto che non sopportavo di vedere una ragazza soffiarsi il naso. Ti rivedo come fosse ora: tu ti sei fermato, mi hai guardato in faccia e con una strana aria da esperto, con voce ferma e convinta, mi hai detto: "Soffiarsi il naso? A me basta vederla sbattere gli occhi, mi basta vedere quel movimento della palpebra sulla cornea, per provare un disgusto che a stento riesco a soffocare". Ti ricordi? ».

« No » rispose Jean-Marc.

« Come hai fatto a dimenticartene? Il movimento della palpebra... Che idea strana! ».

Ma Jean-Marc aveva detto la pura verità: non se ne ricordava. Del resto, non tentava neppure di rivangare nella memoria. Stava pensando ad altro. Ecco, pensava, qual è l'unica vera ragion d'essere dell'amicizia: fornire all'altro uno specchio in cui possa contemplare la propria immagine di un tempo, un'immagine che, senza l'eterno blablà dei ricordi fra amici, si sarebbe cancellata da un pezzo.

« La palpebra. Davvero non ti ricordi? ».

« No » disse Jean-Marc; e poi, tra sé: insomma, vuoi capirlo o no che me ne infischio dello specchio che mi porgi?

Di colpo F. tacque, sopraffatto dalla stanchezza, come se il ricordo della palpebra lo avesse spossato.

« Ora devi dormire » disse Jean-Marc, e si alzò.

Uscendo dall'ospedale, provò un desiderio irresistibile di essere accanto a Chantal. Se non fosse stato così esausto, sarebbe partito immediatamente. Prima di arrivare a Bruxelles, aveva programmato di partire con tutta calma, la mattina seguente, dopo aver fatto un'abbondante colazione in albergo. Ora però, reduce dall'incontro con F., regolò la sveglia da viaggio sulle cinque.

5

Stanca dopo quella brutta nottata, Chantal uscì dall'albergo e si diresse verso il mare. Per strada incontrò dei turisti da week-end che procedevano a gruppi, tutti composti secondo lo stesso schema: l'uomo spingeva un passeggino con dentro un bimbo, la donna gli camminava accanto. L'uomo aveva un'aria paciocсona, sollecita, sorridente e lievemente imbarazzata, e sembrava pronto in qualsiasi momento a chinarsi verso il piccolo, a soffiargli il naso, a calmarlo se piangeva. Il viso della donna aveva un'espressione annoiata, distante, sussiegosa, a volte addirittura (inspiegabilmente) cattiva. Quello schema, Chantal lo vide riprodotto in diverse varianti: talvolta l'uomo camminava accanto alla donna spingendo il passeggino e al tempo stesso portando sulla schiena un bambino infilato in una specie di zaino; oppure l'uomo camminava accanto alla donna spingendo il passeggino, con un bambino sulle spalle e un altro in un marsupio sulla pancia; o ancora, l'uomo camminava accanto alla donna, senza passeggino, ma tenendo un bambino per mano e portandone altri tre, rispettivamente sulle spalle, sulla pancia e sulla schiena. Per finire, vide una donna, senza uomo, che spingeva il passeggino con un'energia ben superiore a quella degli uomini, tanto che, per evitarla, Chantal fu costretta a saltare giù dal marciapiede all'ultimo momento.

Gli uomini, pensa Chantal, si sono « papaizzati ». Non sono più dei padri, ma solamente dei papà, ossia dei padri cui manca l'autorità di un padre. E immagina se stessa nell'atto di sedurre un papà che spinge il passeggino con dentro un bimbo e ne porta un altro sulla schiena e un altro ancora sulla pancia: approfittando di un momento in cui la moglie si è fermata davanti alla vetrina di un negozio, lei sussurra una proposta all'orecchio del marito. Come reagirebbe? L'uomo trasformato in un albero di bambini sarebbe ancora capace di voltarsi a guardare una sconosciuta? I bambini che porta appesi sulla schiena e sulla pancia non si metterebbero a urlare, infastiditi da quel movimento inopportuno? Questa idea le pare buffa e la mette di buon umore. Vivo in un mondo, pensa, nel quale gli uomini non si volteranno mai più a guardarmi.

Poi si ritrovò sulla diga, in compagnia di qualche passeggiatore mattiniero: la marea era bassa, e davanti a lei la spianata sabbiosa si estendeva per un chilometro. Erano anni che non metteva piede sulla costa normanna, e ignorava totalmente i divertimenti che vi andavano di moda: l'aquilone e lo speed-sail. L'aquilone: un pezzo di stoffa a colori vivaci teso su uno scheletro pericolosamente rigido, che viene lasciato in balia del vento e manovrato per mezzo di due fili, uno per mano, di modo che sale e scende e vira, producendo un rumore terribile, simile a quello di un gigantesco tafano, e di tanto in tanto precipita sulla sabbia con il muso in avanti, come un aereo che si schianti al suolo. Chantal si accorse con stupore che i proprietari di aquiloni non erano né bambini né adolescenti, ma quasi tutti adulti. E mai donne, ma sempre uomini. Ma certo: erano i papà! I papà senza bambini, i papà che erano riusciti a sfuggire alle mogli! E che non correvano tra le braccia delle amanti, ma sulla spiaggia, a giocare!

Ancora una volta fu tentata dall'idea di una perfida opera di seduzione: avvicinarsi da dietro all'uomo che tiene in mano i due fili e con il naso per aria segue il volo del suo rumoroso giocattolo; quindi mormorargli all'orecchio una proposta erotica usando le parole più oscene. Come reagirebbe? Chantal non ha dubbi: senza degnarla di uno sguardo sibilerebbe un: lasciami in pace, non vedi che ho da fare?

Oh no, gli uomini non si volteranno mai più a guardarla!

Chantal tornò in albergo. Ma nel parcheggio vide la macchina di Jean-Marc. Alla reception le dissero che era arrivato da almeno mezzora e le aveva lasciato un messaggio: « Sono arrivato prima del previsto. Esco a cercarti. J.-M. ».

« È andato a cercarmi » sospirò Chantal. « Ma dove? ».

« Il signore ha detto che lei sarebbe stata senz'altro sulla spiaggia ».

6

Andando verso il mare, Jean-Marc passò accanto a una fermata d'autobus. Ad aspettare c'era solo una ragazza in blue-jeans e maglietta, la quale, senza grande entusiasmo ma in maniera evidente, ancheggiava come se stesse ballando. Quando le fu vicino, Jean-Marc vide la sua bocca spalancata in un lungo, incontenibile sbadiglio; e quel vasto orifizio ondeggiava seguendo le movenze del corpo che, meccanicamente, ballava. Balla e si annoia, pensò Jean-Marc.

Arrivò alla diga: sulla spiaggia sottostante vide degli uomini che, con il naso per aria, facevano volare i loro aquiloni. Sembrava che si divertissero molto, e Jean-Marc si ricordò di una sua vecchia teoria, secondo la quale ci sono tre specie di noia: la noia passiva – la ragazza che balla e intanto sbadiglia –, la noia attiva – gli appassionati di aquiloni –, e la noia ribelle – i giovani che danno fuoco alle macchine e spaccano le vetrine dei negozi.

Un po' più in là vide un gruppetto di ragazzini fra i dodici e i quattordici anni con in testa dei grandi caschi colorati, troppo pesanti per i loro esili corpi, radunati attorno a certi curiosi veicoli: a una sorta di croce formata da due sbarre di metallo sono fissate tre ruote, una davanti e due dietro; al centro, una specie di scatola bassa e oblunga in cui può prendere posto un corpo semidisteso; sopra, un albero a cui è attaccata una vela. Perché i ragazzi portano il casco? Non c'è dubbio: perché si tratta di uno sport pericoloso. Ma a correre il rischio di essere investiti da quegli aggeggi guidati da ragazzini, pensò Jean-Marc, sono soprattutto i passanti: perché a loro nessuno propone di mettersi un casco? Perché quelli che disdegnano i divertimenti organizzati sono i disertori della grande lotta comune contro la noia, e non meritano né attenzione né casco.

Scese la scala che portava alla spiaggia e guardò attentamente verso la remota frontiera del mare, sforzandosi di distinguere, in mezzo alle sagome rimpicciolite dalla distanza, la figura di Chantal; alla fine la riconobbe: si era appena fermata a contemplare le onde, le vele, le nubi.

Jean-Marc passò accanto ai ragazzi che, dopo aver preso posto nei loro trabiccoli, cominciavano a muoversi lentamente in cerchio sotto lo sguardo vigile di un istruttore. Tutt'intorno, ce n'erano altri che filavano a gran velocità. Il veicolo viene guidato per mezzo di una corda collegata a una vela che permette di virare, evitando così di investire i passanti. Ma un principiante è davvero capace di manovrare la vela? E il veicolo funziona davvero in modo da rispondere infallibilmente alla volontà del pilota?

Jean-Marc aggrottò la fronte rendendosi conto che uno di quei bolidi stava puntando esattamente su Chantal. Lo guidava un uomo anziano, sdraiato là dentro come un cosmonauta nella sua astronave. In quella posizione, pensò, non può vedere nulla di quel che gli sta davanti! Purché Chantal fosse abbastanza accorta da riuscire a evitarlo! Imprecò contro di lei, contro la sua indole sconsiderata, e accelerò il passo.

Lei si voltò, ma certamente non lo aveva visto, poiché continuò a camminare a passi lenti, immersa nei suoi pensieri e senza guardarsi intorno. Jean-Marc vorrebbe gridarle di non essere così distratta, di fare attenzione a quelle assurde macchinine che corrono qua e là per la spiaggia. A un tratto immagina il suo corpo schiacciato dallo speed-sail, disteso sulla sabbia – ed è come un pugno nello stomaco –, tutto insanguinato, mentre il veicolo si allontana sulla spiaggia, e vede se stesso che corre verso di lei. Questa visione lo turba a tal punto che si mette realmente a gridare il nome di Chantal, ma il vento è forte, la spiaggia immensa, e nessuno è in grado di sentirlo – cosicché può abbandonarsi a questa sorta di teatrino sentimentale e gridare la propria angoscia con gli occhi pieni di lacrime: per qualche istante, con il volto contratto in una smorfia di pianto, sta vivendo l'orrore della sua morte.

Poi, un po' stupito da quella specie di crisi isterica, la scorse, in lontananza, passeggiare con aria disinvolta – calma, serena, dotata di un fascino addirittura commovente –, e sorrise di quella commedia del lutto che aveva appena messo in scena, ne sorrise senza provarne alcun rimorso, poiché, da quando ha cominciato ad amare Chantal, il pensiero della sua morte non l'ha mai abbandonato. E si mise veramente a correre, facendole dei segni con la mano. Ma lei si fermò di nuovo, di nuovo prese a guardare il mare e le vele al largo, senza far caso all'uomo che agitava la mano sopra la testa.

Finalmente si voltò verso di lui e sembrò che lo vedesse; tutto contento, Jean-Marc alzò ancora il braccio. Ma lei non gli badò, e rimase a seguire con lo sguardo la linea lungo la quale il mare lambiva la sabbia. Adesso che la vedeva di profilo, Jean-Marc si rese conto che quello che aveva preso per lo chignon di Chantal era un foulard annodato intorno alla testa; e a mano a mano che le si avvicinava (con un passo che si era fatto di colpo meno affrettato), quella donna che aveva scambiato per Chantal diventava vecchia, brutta – e beffardamente diversa.

7

Chantal si era stancata ben presto di osservare la spiaggia dalla diga, e aveva deciso di andare ad aspettare Jean-Marc in camera. Ma si sentiva così assonnata che, per non guastare il piacere di ritrovarsi, decise di prendere un caffè. Fece dietro front e si diresse verso una grande costruzione in cemento e vetro che ospitava un ristorante, un bar, una sala giochi e alcuni negozi.

Entrò nel bar; la musica, a volume altissimo, la infastidì. Avanzò tra due file di tavolini. Nella grande sala vuota c'erano due uomini che la squadrarono: uno, giovane, appoggiato al bancone, era vestito di nero come lo sono in genere i camerieri; l'altro, più anziano e ben piantato, in maglietta, stava in piedi verso il fondo della sala.

Chantal, che desiderava sedersi, chiese a quest'ultimo: « Potrebbe spegnere la musica? ».

L'uomo fece qualche passo verso di lei: « Scusi, non ho capito bene ».

Chantal guardò i tatuaggi sulle sue braccia muscolose: una donna nuda con dei seni enormi e un serpente che le si attorcigliava sul corpo.

E di nuovo (moderando le proprie esigenze) chiese: « Le dispiacerebbe abbassare la musica? ».

« La musica? » replicò quello. « Perché, non le piace? », e Chantal vide il più giovane dei due passare dietro al bancone e alzare ancora il volume.

L'uomo col tatuaggio le stava quasi addosso, con un sorriso che le parve cattivo. Alla fine lei capitolò: « No, non ho niente contro la musica ».

E il tatuato: « Ero sicuro che le piaceva! Desidera qualcosa? ».

« Niente » disse Chantal. « Volevo solo dare un'occhiata. È carino, qui ».

« E allora perché non resta? » dice alle sue spalle, con una voce sgradevolmente melliflua, il giovane vestito di nero, che ha di nuovo cambiato posto: si è messo proprio in mezzo alle due file di tavolini, bloccando l'unico passaggio verso l'uscita. Il suo tono ossequioso le ha messo addosso una sorta di panico, e Chantal si sente presa in una trappola che, da un momento all'altro, si richiuderà su di lei. Decide di agire rapidamente. La via dell'uscita le è sbarrata dal giovane in nero. Con l'aria di chi è risoluto ad andare dritto verso la propria rovina, si dirige verso la porta. Vede davanti a sé il sorriso mellifluo del giovane e si sente battere forte il cuore. Solo all'ultimo momento l'altro si scansa e la lascia passare.

8

Confondere l'aspetto fisico della donna amata con quello di un'altra: quante volte gli è già successo! E ha sempre provato il medesimo stupore: è dunque così irrilevante la differenza fra lei e le altre? Com'è possibile che lui non sia capace di riconoscere la figura dell'essere che ama più di ogni altro, dell'essere che considera impareggiabile?

Apre la porta della camera, e finalmente la vede. Questa volta è lei, non c'è il minimo dubbio – eppure non assomiglia a lei. Il viso è vecchio, e lo sguardo è insolitamente cattivo. Come se la donna alla quale ha fatto dei segni sulla spiaggia si fosse sostituita una volta per tutte a quella che ama. Come se lui dovesse essere punito per non aver saputo riconoscerla.

« Che c'è? Che cosa è successo? ».

« Niente, niente » dice lei.

« Come, niente? Sei completamente trasformata ».

« Ho dormito malissimo. Anzi, non ho praticamente chiuso occhio. E ho avuto una brutta mattinata ».

« Una brutta mattinata? Perché? ».

« Ma niente, davvero non è niente ».

« Dimmelo ».

« Davvero non è niente ».

Lui insiste. E lei finisce per dire: « Gli uomini non si voltano più a guardarmi ».

Lui la osserva, ma non riesce a capire quello che dice, quello che intende dire. È triste perché gli uomini non si voltano più a guardarla? Vorrebbe dirle: e io? e io? Io che faccio chilometri di spiaggia per venirti a cercare, io che grido il tuo nome piangendo e che sono capace di correrti dietro per l'intero pianeta?

Ma non lo dice. Ripete invece, lentamente, a voce bassa, le parole che lei ha appena pronunciato: « Gli uomini non si voltano più a guardarti. Davvero sei triste per questo? ».

Lei arrossisce. Arrossisce come da molto tempo non l'ha vista arrossire. E quel rossore sembra tradire desideri inconfessati. Desideri così violenti che Chantal non riesce più a frenarli e ripete: « Sì, gli uomini non si voltano più a guardarmi ».

9

Quando Jean-Marc era apparso sulla soglia della camera, Chantal aveva le migliori intenzioni di mostrarsi allegra; voleva abbracciarlo, ma non ci era riuscita; dopo l'episodio del bar era tesa, contratta, e così totalmente in preda al cattivo umore da aver paura che il minimo gesto affettuoso apparisse forzato e ipocrita.

Poi Jean-Marc le aveva chiesto: « Che cosa è successo? ». La sua risposta – ho dormito male, sono stanca – non era stata però convincente, e lui aveva continuato a farle domande. Non sapendo come sottrarsi a quella amorosa inquisizione, Chantal pensò di dirgli qualcosa di spiritoso: fu allora che le tornarono in mente la passeggiata del mattino e gli uomini trasformati in alberi di bambini e si ricordò di quella frase che le era rimasta nella testa come un piccolo oggetto dimenticato: « Gli uomini non si voltano più a guardarmi ». Decise di ricorrere a quella frase per evitare qualunque discussione seria, e si sforzò di pronunciarla con il tono più leggero possibile: ma con grande stupore avvertì nella propria voce un'inflessione amara e malinconica. E quella stessa malinconia se la sentiva stampata in faccia. Capì allora che sarebbe stata fraintesa.

Vide Jean-Marc che la guardava, a lungo, con un'espressione grave, e sentì che sotto quello sguardo nel profondo del suo corpo si accendeva un fuoco. Quel fuoco le si propagava rapidamente nel ventre, le saliva nel petto, le incendiava le guance, e intanto lei sentiva Jean-Marc ripetere: « Gli uomini non si voltano più a guardarti. Davvero sei triste per questo? ».

Chantal si sentiva la faccia come un tizzone ardente, e la pelle madida di sudore; sapeva che, per via di quel rossore, la sua frase acquisiva un'importanza spropositata. Jean-Marc avrebbe sicuramente creduto che con quelle parole – del tutto irrilevanti – lei si fosse tradita, mettendo a nudo certe sue inclinazioni segrete di cui ora si vergognava fino ad arrossirne. È stato un malinteso, ma lei non può dargliene una spiegazione, perché quell'avvampare improvviso le è già accaduto di percepirlo, negli ultimi tempi: si è sempre rifiutata di dargli il suo vero nome, ma questa volta non ha più dubbi sul suo significato, ed è proprio per questo che non vuole, non può parlarne.

L'ondata di calore durò a lungo e si manifestò, per colmo di sadismo, proprio davanti agli occhi di Jean-Marc. Chantal non sapeva più che cosa fare per nascondersi, per coprirsi, per distogliere da sé quello sguardo indagatore. Estremamente turbata, ripeté la frase nella speranza di riuscire stavolta a pronunciarla – cosa che prima le era andata male – in tono leggero, come fosse una spiritosaggine, come se si stesse prendendo in giro: « Sì, gli uomini non si voltano più a guardarmi ». Fatica sprecata: la frase le uscì infatti con un'inflessione ancora più malinconica di prima.

Negli occhi di Jean-Marc si accende a un tratto una luce che Chantal ben conosce, ed è come un faro che indichi la salvezza: « E io? Come puoi pensare a quelli che non si voltano a guardarti, mentre io non faccio altro che correrti dietro ovunque tu sia? ».

Chantal si sente in salvo, perché la voce di Jean-Marc è la voce dell'amore, la voce di cui lei ha dimenticato l'esistenza in quegli attimi di smarrimento, la voce dell'amore che l'accarezza e la rasserena. Ma a quella voce, che le sembra arrivare da lontano, da troppo lontano, Chantal non è ancora pronta: per poterle credere, avrebbe bisogno di sentirla ancora a lungo.

Per questo, quando Jean-Marc fece per abbracciarla, lei si irrigidì: ebbe paura di stringergli contro, paura che il suo corpo madido svelasse il segreto. Fu un attimo, e non fece in tempo a controllarsi: prima di poter trattenere quel gesto, timidamente ma fermamente lo aveva respinto.

10

Quell'incontro disastroso che li ha resi incapaci di abbracciarsi c'è stato davvero? Se li ricorda ancora, Chantal, quei momenti di incomprensione? Se la ricorda ancora, la frase che ha turbato Jean-Marc? Macché. L'episodio è stato dimenticato, al pari di mille altri. Un paio d'ore dopo, i due sono seduti al ristorante dell'albergo e pranzano conversando allegramente della morte. Della morte? Chantal ha avuto dal suo capo l'incarico di farsi venire delle idee su una campagna pubblicitaria per l'agenzia di pompe funebri Lucien Duval.

« Non c'è niente da ridere » dice ridendo.

« Ma scusa, loro ridono o no? ».

« Loro chi? ».

« I tuoi colleghi. La sola idea di fare pubblicità alla morte è così evidentemente comica! E il tuo direttore, quel vecchio trotskista, dici sempre che è così intelligente... ».

« Certo che è intelligente. Ha una logica tagliente come un bisturi. Conosce Marx, la psicoanalisi, la poesia contemporanea. Ricorda spesso che nella letteratura degli anni Venti, credo in Germania, c'era una corrente di "poesia del quotidiano". La pubblicità, secondo lui, realizza a posteriori quel programma poetico, giacché trasforma in poesia i semplici oggetti della quotidianità. Grazie alla pubblicità, la vita quotidiana si è messa a cantare ».

« Che ci trovi di tanto intelligente in simili banalità? ».

« Il tono cinicamente provocatorio con il quale le dice ».

« E quando ti dice di fare pubblicità alla morte, ride o non ride? ».

« È un sorriso che manifesta distacco, il suo, un tratto di eleganza – e più uno è potente, più si sente obbligato a essere elegante. Ma il suo sorriso distaccato non ha niente a che vedere con il tuo modo di ridere. E a questa differenza lui ci tiene molto ».

« E allora, come fa a sopportare il tuo modo di ridere? ».

« Ma cosa credi, Jean-Marc, io non rido affatto! Non dimenticarti che ho due volti. Il che mi fa anche piacere, lo ammetto, ma ciò non toglie che avere due volti sia tutt'altro che facile. Esige uno sforzo, una disciplina! Devi capire che qualunque cosa io faccia, volente o nolente, la faccio con l'ambizione di farla bene, se non altro per non perdere il posto. Ed è molto difficile lavorare in modo ineccepibile e al tempo stesso disprezzare il lavoro che fai ».

« Ah, ma tu ci riesci di sicuro, straordinaria come sei! » dice Jean-Marc.

« Certo, io posso anche avere due volti, ma non posso averli contemporaneamente. Con te mostro il volto canzonatorio. Quando sono in ufficio, mostro quello serio. A me arrivano le domande di quelli che aspirano a lavorare nella nostra agenzia. Tocca a me dare un parere positivo o negativo. Fra i candidati all'assunzione ce ne sono alcuni che, nella loro domanda, si esprimono in un modo impeccabilmente moderno, con tutti gli stereotipi, il gergo e l'ottimismo che in questi casi è di rigore. Non ho nemmeno bisogno di vederli in faccia, né di parlare con loro, per detestarli. Eppure so che sono proprio quelli che nel lavoro si impegneranno al massimo. Poi ci sono quelli che, in altri tempi, si sarebbero certamente occupati di filosofia, di storia dell'arte, o che avrebbero insegnato lettere, ma che oggi, in mancanza di meglio e magari per disperazione, cercano lavoro in un'agenzia pubblicitaria. E io so che in fondo in fondo disprezzano l'impiego al quale si stanno candidando, e che di conseguenza sono miei fratelli. E devo scegliere ».

« Ma come fai? ».

« Una volta appoggio uno che mi sta simpatico, la volta successiva uno che si impegnerà a fondo. Mi comporto per metà come una che tradisce l'azienda, per metà come una che tradisce se stessa. Insomma, tradisco due volte. E questo mio duplice tradimento non lo considero uno smacco, ma una prodezza. Perché avere costantemente due volti è una cosa sfibrante: per quanto tempo ancora ne sarò capace? Verrà un giorno in cui avrò un volto solo. Il peggiore dei due, ovviamente: quello serio, quello conformista. Mi amerai anche così? ».

« Tu conserverai sempre i tuoi due volti » dice Jean-Marc.

Lei sorride e alza il bicchiere: « Speriamo! ».

I due brindano a questa speranza. Poi Jean-Marc dice: « Del resto, io quasi ti invidio di fare pubblicità alla morte. Non so perché, ma fin dalla più tenera infanzia sono sempre stato affascinato dalle poesie sulla morte. Ne ho imparate a memoria una quantità incredibile. Se vuoi, te ne recito qualcuna. Potresti servirtene. Questi versi di Baudelaire, per esempio, li conosci sicuramente:

> È tempo, o Morte, vecchio capitano, andiamo!
> Ci tedia questa terra, o Morte, via, salpiamo! ».

« Li conosco, li conosco » lo interrompe Chantal. « Sono belli, ma non fanno al caso nostro ».

« E perché, scusa? Il tuo vecchio trotskista ama la poesia – e cosa c'è di più consolante per un moribondo del potersi dire: "questa terra ci tedia"? Mi sembra già di vedere, sopra la porta dei cimiteri, una scritta al neon con queste parole. Per la tua pubblicità basterebbe modificarle un po': "Questa terra vi tedia? Lucien Duval, vecchio capitano, vi aiuterà a salpare nel miglior modo possibile" ».

« Ma io non devo mica preoccuparmi di quelli che stanno per morire! Non sono loro che richiederanno i servizi di Lucien Duval; e i vivi che seppelliscono i loro morti hanno voglia di godersi la vita e non di celebrare la morte. Tienilo bene a mente: la nostra religione è l'elogio della vita. La parola "vita" è la regina di tutte le parole. Una regina attorniata da altre grandi parole: "avventura", "avvenire", "speranza"! A proposito, lo sai qual era il nome in codice della bomba atomica sganciata su Hiroshima? Little Boy! Quello che l'ha inventato è un genio! Non poteva trovare di meglio. Little boy, bambino, ragazzino, fanciullo: non esistono parole più tenere, più toccanti, più cariche di avvenire».

«Hai proprio ragione» dice Jean-Marc, estasiato. «È la vita stessa che si libra sopra Hiroshima con le sembianze di un little boy intento a lasciar cadere sulle rovine l'urina dorata della speranza. Così è stato inaugurato il dopoguerra». Alza il bicchiere: «Alla nostra!».

11

Suo figlio aveva cinque anni quando Chantal lo seppellì. Qualche tempo dopo, al momento delle vacanze, la cognata le disse: «Sei troppo triste. Devi fare un altro bambino. Solo così riuscirai a dimenticare». A queste parole Chantal si sentì stringere il cuore. Bambino: esistenza priva di biografia. Ombra che rapidamente svanisce nel suo successore. Ma lei non voleva dimenticare suo figlio. Difendeva la sua insostituibile individualità. Difendeva, contro l'avvenire, un passato: il passato – rimosso e vilipeso – del povero bambino morto.

Una settimana dopo, il marito le disse: « Non voglio che tu cada in una crisi di depressione. Dobbiamo avere subito un altro figlio. Ti servirà a dimenticare ».

Dimenticare: non cercava neanche di dirlo in modo diverso! Fu allora che cominciò a maturare in lei la decisione di lasciarlo.

Sapeva benissimo che suo marito, uomo alquanto passivo, non parlava se non a tutela degli interessi della grande famiglia a cui apparteneva e che era dominata dalla sorella. Quest'ultima viveva allora con il terzo marito e con i due figli nati dai matrimoni precedenti; era rimasta in ottimi rapporti con gli ex coniugi e riusciva a radunare attorno a sé le loro famiglie, nonché quelle dei suoi fratelli e delle cugine. Queste grandi riunioni familiari avevano luogo, durante le vacanze, in una immensa villa di campagna; e la cognata aveva cercato di fare in modo che anche Chantal, a poco a poco e senza quasi rendersene conto, diventasse parte della tribù.

Fu proprio là, in quella grande villa, che prima sua cognata e poi suo marito la esortarono ad avere un altro figlio. E proprio là, in una piccola stanza da letto, Chantal rifiutò di fare l'amore con lui. Ogni sua profferta amorosa le ricordava la campagna familiare per una sua nuova gravidanza, e l'idea di fare l'amore con lui cominciò a sembrarle grottesca. Aveva l'impressione che tutti i membri della tribù – nonne, papà, cugine e nipoti di ambo i sessi – origliassero dietro la porta e ogni mattina andassero di nascosto a esaminare le loro lenzuola, scrutando i loro volti per scoprirvi tracce di stanchezza. Tutti si arrogavano un qualche diritto di controllo sul suo ventre. Perfino i nipotini erano stati reclutati come mercenari per quella guerra; tanto che un giorno un piccolino di cinque anni le domandò:

« Chantal, perché non ti piacciono i bambini? ».

« Per quale ragione credi che non mi piacciano? » replicò lei con tono brusco e freddo.

Lui non seppe che dire, e Chantal continuò, irritata:

« Chi ti ha detto che non mi piacciono i bambini? ».

Al che il nipotino, sotto lo sguardo severo di Chantal, e con un'espressione insieme timida e determinata, rispose:

« Se ti piacessero davvero, ne faresti uno ».

Al ritorno dalle vacanze, Chantal agì con determinazione: innanzitutto decise di riprendere a lavorare. Prima della nascita del bambino aveva insegnato in un liceo. Ma lo stipendio era modesto, cosicché Chantal preferì scegliere un altro lavoro, che non corrispondeva alle sue aspirazioni (insegnare le piaceva) ma era pagato il triplo. Le rimordeva la coscienza all'idea di aver tradito per denaro le sue inclinazioni, ma non vedeva altro modo per rendersi indipendente. I soldi, però, non bastano a conquistare l'indipendenza. Aveva anche bisogno di un uomo – un uomo che fosse l'esempio vivente di un'altra vita: perché Chantal voleva, con tutte le sue forze, liberarsi della sua vita precedente, ma non riusciva a immaginarsene una diversa.

Passarono alcuni anni prima che incontrasse Jean-Marc. Quindici giorni dopo, chiese il divorzio a suo marito, che ne rimase stupefatto. Fu allora che la cognata, con un'ammirazione non scevra di ostilità, la soprannominò la Tigre: « Così fai tu: te ne stai immobile, senza lasciar trasparire niente dei tuoi pensieri, e poi colpisci ». In capo a tre mesi Chantal comprò un appartamento e, sia pur escludendo qualunque idea di matrimonio, vi andò ad abitare con l'uomo che amava.

12

Jean-Marc fa un sogno: ha paura che sia accaduto qualcosa a Chantal, la cerca, corre per la strada, e alla fine la vede, di spalle, che si allontana. Allora le corre dietro gridando il suo nome, ma proprio quando sta per raggiungerla lei volta la testa e Jean-Marc, inorridito, si trova davanti un altro viso, estraneo e sgradevole. Eppure non è un'altra persona, è proprio Chantal, la sua Chantal, non ci sono dubbi, ma è la sua Chantal con il viso di una sconosciuta – ed è una cosa atroce, intollerabilmente atroce. Lui l'abbraccia, la stringe a sé e le ripete fra i singhiozzi: « Chantal, mia piccola Chantal, mia piccola Chantal! », come se tentasse, ripetendo quel nome, di restituire al viso sconosciuto che ha di fronte le sue antiche fattezze, la sua identità perduta.

Quel sogno lo ridestò. Chantal non era più a letto, e dal bagno provenivano i rumori del mattino. Ancora impressionato dal sogno, Jean-Marc provò il bisogno impellente di vederla. Si alzò e andò verso la porta della stanza da bagno, che lei aveva lasciato socchiusa. Lì si fermò e, come un voyeur avido di carpire un momento di intimità, si mise a osservarla: sì, era proprio la sua Chantal, quale la conosceva: china sopra il lavabo, si stava lavando i denti, sputando saliva mista a dentifricio, e lo faceva con un impegno così buffo e infantile che Jean-Marc non riuscì a trattenere un sorriso. Allora, come se avesse sentito il suo sguardo, Chantal si voltò e, vedendolo nel vano della porta, si arrabbiò, ma alla fine si lasciò baciare sulla bocca ancora tutta impiastricciata di bianco.

«Vieni a prendermi all'agenzia, stasera?» gli domandò.

Verso le sei Jean-Marc entrò nell'atrio, percorse il corridoio e si fermò davanti all'ufficio di Chantal. La porta era socchiusa proprio come, al mattino, quella del bagno. Vide Chantal in compagnia di due donne, due colleghe, ma lei non era più la stessa della mattina. Parlava ad alta voce, con un tono che non le era consueto, e i suoi gesti erano più rapidi, più secchi, più imperiosi. Al mattino, nella stanza da bagno, Jean-Marc aveva ritrovato la creatura che durante la notte aveva perso, ed ecco che, alla fine del pomeriggio, quella creatura si trasformava di nuovo sotto i suoi occhi.

Si decise a entrare, e Chantal gli sorrise. Ma era un sorriso stereotipato, e lei sembrava come irrigidita. Baciarsi sulle guance è diventato in Francia, da una ventina d'anni, un rituale quasi obbligato, e dunque sgradevole per coloro che si amano davvero. Ma come sottrarsi al rituale quando ci si incontra davanti a estranei e non si vuole passare per una coppia in crisi? Imbarazzata, Chantal gli si avvicinò tendendogli le gote. Il gesto era artificioso e suscitò in entrambi un'impressione di falsità. Poi uscirono, ma ci volle un lungo momento perché Jean-Marc ritrovasse in lei la Chantal che conosceva.

È sempre così: dall'istante in cui la rivede all'istante in cui la riconosce come colei che ama, Jean-Marc ci mette il suo tempo. Quando si erano incontrati per la prima volta, in montagna, aveva avuto la fortuna di poter rimanere quasi subito da solo con lei. Ma se, prima di quell'incontro a tu per tu, l'avesse frequentata a lungo in compagnia di altri, e l'avesse vista quale era con gli altri, avrebbe riconosciuto in lei l'essere amato? Se avesse saputo di lei solo il volto che mostra ai colleghi, ai superiori, ai dipendenti, quel volto lo avrebbe colpito e conquistato? Sono domande a cui non trova risposta.

13

È stato forse a causa della sua ipersensibilità a questi momenti di estraneità che la frase « gli uomini non si voltano più a guardarmi » gli è rimasta così fortemente impressa: nel pronunciarla, Chantal era irriconoscibile. Quella frase non era affatto sua. E neanche il viso sembrava più il suo: quasi cattivo, invecchiato. Sulle prime, Jean-Marc ha avuto una reazione di gelosia: come poteva venirle in mente di rammaricarsi del fatto che gli altri non si interessano più a lei quando solo poche ore fa lui ha rischiato la vita in macchina per raggiungerla al più presto? Ma poi ci ha pensato su ed è arrivato alla conclusione che ogni donna misura il proprio grado di invecchiamento dall'interesse o dal disinteresse che gli uomini manifestano per il suo corpo. Non sarebbe dunque ridicolo offendersi per questo? E tuttavia, pur senza sentirsi offeso, Jean-Marc non era d'accordo. Perché qualche lieve traccia di invecchiamento (Chantal ha quattro anni più di lui) l'aveva notata sul suo volto fin dal giorno in cui si erano conosciuti. La sua bellezza, che lo aveva subito colpito, non la faceva certo sembrare più giovane della sua età – si sarebbe detto, anzi, che proprio l'età rendesse quella bellezza più eloquente.

La frase di Chantal gli riecheggiava nella mente, e lui immaginava la storia del suo corpo: che era rimasto confuso tra milioni di altri, finché uno sguardo di desiderio si era posato su di esso e lo aveva sottratto a quella brumosa moltitudine; poi gli sguardi si sono moltiplicati e lo hanno infiammato, e da allora quel corpo va per il mondo come una fiaccola; è una gloria sfolgorante, ma di breve durata, perché presto gli sguardi cominceranno a farsi più rari, e la luce a poco a poco si spegnerà, finché un giorno quel corpo, divenuto traslucido, poi trasparente, poi invisibile, passerà per le strade del mondo simile a un piccolo nulla ambulante. Lungo questo percorso, che porta dalla prima alla seconda invisibilità, la frase « gli uomini non si voltano più a guardarmi » è la spia luminosa che segnala come sia ormai cominciata la progressiva estinzione del corpo.

Quand'anche lui le dicesse che la ama e che la trova bella, il suo sguardo amoroso non riuscirebbe a consolarla. Perché lo sguardo dell'amore è lo sguardo dell'isolamento. Jean-Marc pensava alla solitudine amorosa di due vecchie creature divenute invisibili agli altri: triste solitudine che prefigura la morte. No, non di uno sguardo d'amore ha bisogno Chantal, ma di una profusione di sguardi estranei, volgari, concupiscenti, che si posino su di lei senza simpatia né predilezione di sorta, senza affetto né gentilezza – in modo inequivocabile e fatale. Quegli sguardi le assicurano la permanenza nella società degli umani, mentre lo sguardo dell'amore la esclude da essa.

Jean-Marc provava rimorso nel pensare agli esordi vertiginosamente rapidi del loro amore. Non aveva avuto alcun bisogno di conquistarla: lei era stata conquistata fin dal primo istante. Voltarsi a guardarla? E perché mai? Se l'era trovata subito al fianco, di fronte, comunque vicina. Sin dall'inizio lui era stato il più forte, lei la più debole. Questa disuguaglianza ha costituito il fondamento stesso del loro amore. Disuguaglianza ingiustificabile, iniqua. Lei era più debole perché più vecchia di lui.

14

Quando Chantal aveva sedici o diciassette anni, c'era una metafora che le piaceva in modo particolare; non sapeva neppure, né d'altronde gliene importava granché, se l'aveva inventata lei o l'aveva sentita o letta da qualche parte: avrebbe voluto essere un profumo di rosa – un profumo che si diffonde ovunque, irresistibile –, avrebbe voluto attraversare tutti gli uomini e abbracciare così la terra intera. Profumo di rosa che si diffonde ovunque: metafora dell'avventura. Una metafora sbocciata sulla soglia della sua vita di adulta come la promessa romantica di una dolce promiscuità, come un invito al viaggio attraverso gli uomini. Ma per natura Chantal non era adatta a passare da un amante all'altro, e quella vaga e lirica fantasticheria non ha tardato ad assopirsi in un matrimonio che si preannunciava sereno e felice.

Molto tempo dopo, quando aveva già lasciato il marito e viveva ormai da anni con Jean-Marc, una sera si trovava con lui in un ristorante sul mare: cenavano all'aperto, su una piattaforma di legno a pochi centimetri dall'acqua, e nel ricordo che lei ne ha serbato tutto era intensamente bianco: le assi di legno, i tavoli, le tovaglie, le sedie, perfino le lampade erano tinte di bianco e irradiavano la loro bianca luce verso il cielo di quella notte d'estate, un cielo che ancora non si era fatto scuro e in cui la luna, anch'essa bianca, diffondeva intorno a sé un alone biancastro. Immersa in tutto quel candore, Chantal provava un'insostenibile nostalgia per Jean-Marc.

Nostalgia? Come poteva provare nostalgia, dal momento che lui era lì, di fronte a lei? Come si può soffrire per l'assenza di chi è presente? (Jean-Marc saprebbe come rispondere: si può soffrire di nostalgia in presenza dell'amato se si intravede un futuro in cui l'amato non c'è più – se la morte dell'amato è, per quanto invisibile, già presente).

In quell'istante di inspiegabile nostalgia in riva al mare, Chantal si ricordò a un tratto del suo bambino morto, e fu sopraffatta da un'ondata di felicità. Ben presto quel sentimento le avrebbe fatto paura. Ma contro i sentimenti siamo disarmati, poiché esistono e basta – e sfuggono a qualunque censura. Possiamo rimproverarci un gesto, una frase, ma non un sentimento: su di esso non abbiamo alcun potere. Il ricordo del figlio morto la colmava di felicità, e lei non poteva fare altro se non chiedersi che cosa ciò significasse. La risposta era ovvia: significava che la sua presenza accanto a Jean-Marc era assoluta, e che poteva esserlo solo grazie all'assenza di suo figlio. Chantal era felice che suo figlio fosse morto. Seduta di fronte a Jean-Marc, aveva voglia di dirlo ad alta voce, ma non osava. Non era sicura della reazione di lui: temeva che la prendesse per un mostro.

Assaporava in quel momento la totale assenza di avventure. L'avventura è un modo per abbracciare il mondo, e lei non voleva più abbracciare il mondo. Non voleva più il mondo. Assaporava dunque la felicità di vivere senza avventure e senza desiderio di avventure. Ripensando alla sua metafora, vedeva una rosa che sfioriva con gran rapidità, come in una sequenza accelerata, finché ne rimase soltanto un gambo esile e nerastro che svaniva per sempre nell'universo bianco di quella notte: la rosa dissolta nel candore.

La stessa sera, prima di addormentarsi (Jean-Marc stava già dormendo), si ricordò ancora una volta del suo bambino morto, e ancora una volta a quel ricordo si accompagnò una scandalosa ondata di felicità. Chantal pensò allora che il suo amore per Jean-Marc era un sacrilegio, una trasgressione delle leggi non scritte della comunità umana, da cui lei si stava allontanando; e pensò che avrebbe dovuto tenere segreta l'enormità del suo amore per non suscitare l'astiosa indignazione degli altri.

15

Al mattino è sempre lei a uscire di casa per prima, è lei che apre la cassetta della posta, ci lascia dentro le lettere indirizzate a Jean-Marc e prende le sue. Quella mattina trovò due lettere: una per Jean-Marc (Chantal le diede un'occhiata furtiva: veniva da Bruxelles), l'altra per lei, senza indirizzo e senza francobollo. Dovevano averla portata a mano. Chantal aveva fretta, sicché la mise nella borsa senza aprirla e corse a prendere l'autobus. Quando fu seduta, lacerò la busta e ne estrasse un foglio che conteneva quest'unica frase: « Ti seguo come una spia, sei bella, bellissima ».

La prima impressione che ne ricevette fu sgradevole: qualcuno, senza aver chiesto il permesso, cercava di intrufolarsi nella sua vita, di attirare la sua attenzione (Chantal ha una limitata capacità di attenzione, e le manca l'energia per accrescerla), insomma di infastidirla. Poi pensò che alla fine era solo una sciocchezza. Ogni donna, prima o poi, riceve un messaggio di quel genere. Mentre rileggeva la lettera, si rese conto che la signora seduta al suo fianco poteva leggerla anche lei. Allora la rimise nella borsa e si guardò attorno. Vide alcuni passeggeri seduti che guardavano distrattamente fuori dal finestrino, due ragazze che ridevano a gola spiegata per farsi notare, un giovane nero, alto e bello, accanto all'uscita, che la stava fissando, e una donna, immersa nella lettura di un libro, che aveva certamente un lungo tragitto da compiere.

In genere, sull'autobus, Chantal non guarda nessuno. Per via di quella lettera pensò di essere osservata, e si mise anche lei a osservare. E così, c'è uno che la fissa in continuazione, come sta facendo oggi il giovane nero? Quasi fosse al corrente di quello che lei ha appena letto, lui le sorride. E se fosse lui l'autore del messaggio? Chantal scacciò rapidamente quell'idea davvero assurda e si alzò per scendere alla fermata successiva. Doveva passare accanto al nero, che bloccava il passaggio verso l'uscita, e questo la mise un po' a disagio. Quando fu vicinissima a lui, l'autobus frenò bruscamente; per un attimo Chantal fu sul punto di cadere, e il nero, che continuava a fissarla, scoppiò a ridere. Una volta scesa pensò: non mi stava rimorchiando, mi prendeva in giro.

Quel riso beffardo continuò a riecheggiarle dentro per tutta la giornata come un cattivo presagio. In ufficio guardò ancora un paio di volte la lettera, poi, arrivata a casa, si chiese che cosa dovesse farne. Conservarla? E perché? Mostrarla a Jean-Marc? Si sarebbe sentita in imbarazzo: come se volesse vantarsene! Distruggerla, allora? Ma certo. Andò in bagno e, china sulla tazza del water, ne guardò la superficie liquida; poi fece a pezzetti la busta, ve la gettò dentro e tirò lo sciacquone; la lettera, invece, la ripiegò e la portò in camera sua. Aprì l'armadio della biancheria e la mise sotto i reggiseni. E intanto risentiva il riso beffardo del nero, e pensò: sono proprio uguale a tutte le altre donne. E i suoi reggiseni le sembrarono a un tratto volgari e scioccamente femminili.

16

Solo un'ora dopo, entrando in casa, Jean-Marc mostrò a Chantal un biglietto listato a lutto: « È arrivato stamattina: F. è morto ».

Chantal fu quasi contenta che un'altra missiva, ben più seria, facesse passare in secondo piano quella ridicola lettera indirizzata a lei. Prese sottobraccio Jean-Marc e lo condusse in salotto, dove si sedettero l'uno di fronte all'altro.

« Sei turbato, malgrado tutto » disse Chantal.

« No, » disse Jean-Marc « o meglio, mi turba il fatto di non esserlo ».

« Non l'hai ancora perdonato, neanche adesso? ».

« Gli ho perdonato tutto. Non è questo il punto. Ti ho già detto che mi ero sentito stranamente euforico quando, tanto tempo fa, avevo deciso di non vederlo più. L'idea mi lasciava assolutamente freddo, e questo mi faceva piacere. E adesso, il fatto che sia morto non cambia niente ».

« Mi fai paura. Davvero, mi fai paura ».

Jean-Marc si alzò per andare a prendere una bottiglia di cognac e due bicchieri. Ne buttò giù un sorso, poi disse:

« Quando sono andato a trovarlo all'ospedale ha cominciato a raccontarmi certi suoi ricordi, fra cui una cosa che secondo lui avevo detto a sedici anni. In quel momento ho capito qual è l'unico significato che al giorno d'oggi può avere l'amicizia: è indispensabile all'uomo per il buon funzionamento della sua memoria. Ricordarsi del proprio passato, portarselo sempre dietro, è forse la condizione necessaria per salvaguardare, come si suol dire, l'integrità dell'io. Per fare in modo che l'io non rimpicciolisca, che mantenga immutato il proprio volume, bisogna annaffiare i ricordi come dei fiori in vaso, e tale operazione richiede un contatto regolare con i testimoni del passato – ossia con gli amici, che sono il nostro specchio, la nostra memoria. Da loro non pretendiamo altro se non che, di tanto in tanto, lucidino quello specchio perché noi ci si possa guardare dentro. Ma io me ne infischio di sapere che cosa facevo al liceo! Quello che ho sempre desiderato, fin da quando ero adolescente, forse anche da quando ero piccolo, era una cosa del tutto diversa: era l'amicizia intesa come valore supremo. C'era una frase che mi piaceva ripetere: tra la verità e l'amico, io scelgo sempre l'amico. Lo dicevo per provocazione, ma lo pensavo sul serio. Oggi so che è una massima del tutto superata. Poteva valere per Achille e Patroclo, per i moschettieri di Alexandre Dumas, e anche per Sancho Panza, che era veramente amico del suo padrone, nonostante tutti i loro dissapori. Ma per noi non vale più. Il mio pessimismo è tale che, ora come ora, sono pronto ad anteporre la verità all'amicizia».

Bevve un'altra sorsata di cognac e proseguì: «Per me l'amicizia era la prova che esiste qualcosa di più forte dell'ideologia, della religione, della patria. Nel romanzo di Dumas, i quattro amici si trovano spesso schierati su fronti contrapposti, e sono quindi costretti a combattere gli uni contro gli altri. Ma questo non incrina minimamente la loro amicizia, e loro quattro continuano ad aiutarsi segretamente, giocando d'astuzia, facendosi beffe delle verità dei rispettivi fronti. Per loro l'amicizia è più importante della verità, della causa, degli ordini superiori, più importante del re e della regina, più importante di ogni altra cosa».

Chantal gli accarezzò una mano, e Jean-Marc, dopo una breve pausa, riprese:

«Dumas scrisse la storia dei moschettieri a distanza di due secoli dagli eventi narrati. Forse, la sua, era già una sorta di nostalgia per l'universo perduto dell'amicizia... O invece la scomparsa dell'amicizia è un fenomeno più recente?».

«Non saprei. L'amicizia non è un problema che riguardi le donne».

«Che vuoi dire?».

«Esattamente quello che ho detto. L'amicizia è un problema che riguarda gli uomini. È una romanticheria loro, non nostra».

Jean-Marc non rispose; trangugiò un altro sorso di cognac, poi riprese il suo ragionamento:

«Com'è nata l'amicizia? Sicuramente come alleanza contro le avversità, un'alleanza senza la quale l'uomo si sarebbe trovato disarmato di fronte ai suoi nemici. Forse oggi un'alleanza di questo genere non rappresenta più una necessità vitale ».

« Ma ci saranno sempre dei nemici ».

« Certo, ma sono invisibili e anonimi: la burocrazia, le leggi. Che cosa può fare per te un amico quando si decide di costruire un aeroporto proprio sotto le finestre di casa tua o quando vieni licenziato? E se qualcuno ti dà una mano si tratta, anche in questo caso, di un'entità anonima e invisibile, di un'organizzazione di beneficenza, di un'associazione per la difesa dei consumatori, di uno studio legale... Ormai non ci sono più occasioni per mettere alla prova l'amicizia: a nessuno può più capitare di andare a prendere l'amico ferito sul campo di battaglia, né di sguainare la spada per difenderlo dall'aggressione dei banditi. Noi tutti attraversiamo le nostre vite senza incorrere in gravi pericoli, ma anche senza amicizia ».

« Se questo è vero, dovrebbe riconciliarti con F. ».

« Sono pronto ad ammettere che, se gliene avessi parlato, F. non avrebbe neanche capito che cosa gli rimproveravo. Quando gli altri parlavano male di me, lui è stato zitto. Ma devo essere giusto: ai suoi occhi quel silenzio rappresentava un atto di coraggio. Mi hanno detto che si vantava addirittura di non aver ceduto alla psicosi collettiva nei miei confronti e di non aver detto niente che potesse nuocermi. Sicché si sentiva la coscienza a posto ed è stato sicuramente ferito dalla mia decisione (che doveva sembrargli inspiegabile) di non vederlo più. Io ho sbagliato a pretendere da lui qualcosa di più della neutralità. Se si fosse azzardato a prendere le mie difese in quell'ambiente astioso e infido, avrebbe corso anche lui il rischio di cadere in disgrazia, di subire attacchi, di avere comunque delle noie. Come ho potuto pretendere da lui una cosa del genere? Tanto più che era mio amico! Una simile pretesa è stata assai poco amichevole da parte mia! Per dirla in altri termini: è stata davvero scortese. Già, perché al giorno d'oggi l'amicizia, svuotata del suo contenuto originario, si è trasformata in un contratto basato sullo scambio di riguardi, insomma in una sorta di patto di cortesia. Ora, chiedere a un amico una cosa che potrebbe creargli dei fastidi è un segno di scortesia».

«Ma certo che è così! Solo che tu dovresti riuscire a dirlo senza amarezza e senza ironia».

«Infatti lo dico senza ironia. È così, e basta».

«Se qualcuno ti odia, se vieni accusato, gettato in pasto al pubblico disprezzo, da parte della gente che conosci puoi aspettarti due tipi di reazione: ce ne saranno alcuni che si uniranno al coro, e altri che faranno discretamente finta di non sapere e non sentire, cosicché tu potrai continuare a frequentarli e a parlare con loro. Questa seconda categoria di persone, discrete e delicate, sono gli amici. Amici nel senso moderno della parola. Per quanto mi riguarda, Jean-Marc, io l'ho sempre saputo ».

17

Sullo schermo si vede un sedere in posizione orizzontale, bello, sexy, inquadrato in primo piano. Una mano lo accarezza dolcemente, assaporando la pelle di quel corpo nudo, docile, rilassato. Poi la camera indietreggia e inquadra l'intero corpo, sdraiato su un lettino: è un neonato, e quella che si china su di lui è la sua mamma. Nella sequenza successiva lei lo prende in braccio e a labbra socchiuse bacia la bocca morbida, umida e spalancata del bimbo. In quel momento la camera stringe sulle due bocche, e il bacio, inquadrato da solo in primissimo piano, diventa di colpo un sensuale bacio d'amore.

Leroy bloccò l'immagine: « Noi siamo sempre alla ricerca di una maggioranza. Esattamente come i candidati alla presidenza degli Stati Uniti durante la campagna elettorale. Inseriamo un prodotto nel cerchio magico delle immagini idonee a catturare il consenso di una maggioranza di compratori. Nella ricerca di tali immagini tendiamo però a sopravvalutare la sfera della sessualità. Ma state ben attenti: solo un'infima minoranza del nostro pubblico è soddisfatta della propria vita sessuale ».

A questo punto, Leroy fece una pausa per godersi la sorpresa del piccolo uditorio di collaboratori che convoca una volta alla settimana per discutere di una campagna, di uno spot o di un cartellone pubblicitario. E tutti loro sanno ormai che, se vogliono fargli piacere, non devono dichiararsi subito d'accordo con lui, ma mostrarsi stupiti. Ecco perché una distinta signora con le dita grinzose cariche di anelli osò contraddirlo:

« Ma da tutti i sondaggi risulta il contrario! ».

« È ovvio » disse Leroy. « Se qualcuno le fa delle domande sulla sua vita sessuale, lei, mia cara signora, non dirà certo la verità! Anche se chi la interroga non sa come si chiama, anche se la intervista per telefono e non può vederla, lei mentirà: "Le piace fare sesso?". "Eccome!". "Quante volte?". "Sei volte al giorno!". "Le piace fare porcherie?". "Pazzamente!". Ma è puro esibizionismo di facciata. L'erotismo, sul piano commerciale, è una cosa ambigua: è vero che tutti vorrebbero avere un'intensa vita sessuale, ma è anche vero che tutti odiano il sesso in quanto causa di infelicità, di frustrazione, di invidia, di complessi e di sofferenze».

Leroy proiettò di nuovo la stessa sequenza dello spot televisivo. Chantal guarda le labbra umide che toccano in primissimo piano le altre labbra umide e si rende conto (è la prima volta che se ne rende conto così chiaramente) che lei e Jean-Marc non si baciano mai in quel modo. Ne è perfino stupita: davvero non si sono mai baciati così?

E invece sì: una volta, quando ancora non sapevano come si chiamavano. Nel salone di un albergo di montagna, in mezzo a un gruppo di persone che bevevano e chiacchieravano, si scambiarono qualche frase banale, ma dal tono delle loro voci capirono di avere voglia l'uno dell'altro: si appartarono in un corridoio deserto e, senza dire una parola, si baciarono. Chantal aprì la bocca e infilò la lingua nella bocca di Jean-Marc, pronta a leccare tutto quello che vi avesse trovato dentro. Lo zelo di cui le loro lingue diedero prova in quell'occasione non nasceva da un impulso erotico ma dall'urgenza che ciascuno dei due aveva di far sentire all'altro che era pronto ad amarlo, subito, totalmente, selvaggiamente e senza perder tempo. Le loro salive non avevano niente a che fare con il desiderio o il piacere: erano solo portatrici di un messaggio. Poiché nessuno dei due osava dire apertamente e a voce alta: « Voglio fare l'amore con te, subito, senza aspettare », lasciarono che al posto loro parlassero le loro salive. Ecco perché, nel corso del primo amplesso (che seguì di poche ore al primo bacio), le loro bocche, probabilmente (Chantal non se lo ricorda più, ma adesso, a distanza di anni, ne è quasi certa), non mostrarono più alcun interesse l'una per l'altra, non si toccarono né si leccarono – e di quello scandaloso disinteresse reciproco neanche si resero conto.

Leroy bloccò di nuovo lo spot: « Questo è il punto: dobbiamo trovare delle immagini che abbiano la stessa carica erotica ma non esasperino le frustrazioni. La sequenza che vi ho appena mostrato ci interessa proprio in quest'ottica: l'immaginazione erotica viene sì stuzzicata, ma immediatamente deviata verso la sfera della maternità. Perché il contatto fisico, il superamento di qualunque intimità, la fusione delle salive, ebbene, tutto questo non è di esclusiva pertinenza dell'erotismo adulto, ma esiste anche nel rapporto fra la madre e il neonato – quel rapporto che è l'eden originario di tutti i piaceri fisici. A questo proposito, sapete che qualcuno ha filmato la vita di un feto all'interno del corpo della madre? Ebbene, in una posizione acrobatica che a noi è impossibile imitare, il feto praticava la fellatio sul proprio minuscolo organo sessuale. Che vi dicevo? La sessualità non è un'esclusiva dei corpi giovani e ben fatti che suscitano un'invidia feroce. Il feto intento a praticare la fellatio su se stesso commuoverà tutte le nonne del mondo, anche le più acide, anche le più pudiche. Perché se il neonato è il denominatore comune a tutte le maggioranze possibili, il più forte, il più ampio e il più sicuro, un feto, amici miei, è ancora meglio di un neonato: è un superneonato, un ultraneonato! ».

Per la terza volta Leroy mostrò loro lo spot, e per la terza volta Chantal provò una lieve ripugnanza nel vedere le due bocche umide che si toccavano. Si ricorda di aver sentito dire che in Cina e in Giappone la cultura erotica non contempla il bacio a bocca aperta: lo scambio delle salive non è quindi una componente imprescindibile dell'erotismo, ma un capriccio, una deviazione, una sudiceria tipicamente occidentale.

Quando fu terminata la proiezione, Leroy concluse: « La saliva delle mamme: ecco il collante destinato a tenere insieme la maggioranza che vogliamo costituire per convincerla ad acquistare i prodotti Roubachoff ».

E Chantal corregge la sua metafora di un tempo: quello che passa attraverso gli uomini non è un immateriale, poetico profumo di rosa, ma una materiale e prosaica mescolanza di salive, le quali, insieme a un esercito di microbi, passano dalla bocca di una donna a quella del suo amante, e dall'amante alla moglie di quest'ultimo, da lei al suo bambino, dal bambino alla zia, dalla zia, cameriera in un ristorante, al cliente nella minestra del quale lei ha sputato, dal cliente alla moglie del cliente, dalla moglie del cliente al suo amante, e così di seguito, da una bocca all'altra, col risultato che ciascuno di noi è immerso in un mare di salive che si mischiano e fanno di tutti noi un'unica comunità di salive, una sola umanità, umida e compatta.

18

Quella sera Chantal tornò a casa stanca e rintronata dal frastuono dei motori e dei clacson. Avida di silenzio, aprì il portone di casa, e udì voci di operai e colpi di martello. Stavano riparando l'ascensore. Salendo le scale, si sentì di nuovo invadere da quell'orribile vampata di calore, e i colpi di martello che risuonavano in tutto il caseggiato erano come un rullo di tamburo che accompagnava la vampata, la amplificava, la esasperava, la glorificava. Madida di sudore, si fermò per qualche istante davanti alla porta di casa perché Jean-Marc non la vedesse sfigurata da quel rossore.

« Il fuoco della cremazione mi presenta il suo biglietto da visita » pensò. Non l'aveva inventata lei, quella frase: le era venuta in mente di colpo, chissà come. In piedi davanti alla porta, in mezzo al rumore incessante, se la ripeté parecchie volte. Non le piaceva, quella frase, aveva un tono di macabra ostentazione che le sembrava di cattivo gusto, eppure non riusciva a scacciarla.

Finalmente i martelli tacquero, il calore cominciò ad attenuarsi e Chantal entrò in casa. Jean-Marc le diede un bacio e prese a raccontarle qualcosa, ma proprio in quel momento i colpi, benché un po' attutiti, ricominciarono. Chantal aveva l'impressione di essere inseguita, di non sapere dove nascondersi. Con la pelle ancora bagnata, e senza che vi fosse alcun nesso logico, disse:

« Il fuoco della cremazione è l'unico modo per non lasciare i nostri corpi alla loro mercé ».

Colse lo sguardo sconcertato di Jean-Marc e si rese conto dell'incongruità di quanto aveva detto; allora si mise subito a parlare dello spot che aveva visto e di quello che aveva raccontato Leroy, e in particolare della storia del feto ripreso dentro al ventre materno nell'atto di praticare, in una posizione acrobatica, una sorta di masturbazione così perfetta che nessun adulto sarebbe capace di fare altrettanto.

« Un feto che ha già una sua vita sessuale, ma ci pensi? Non è ancora dotato né di coscienza né di individualità, non ha percezione di alcunché, ma avverte già una pulsione sessuale e magari prova piacere. La nostra sessualità precede dunque la coscienza che abbiamo di noi stessi. Il nostro io non esiste ancora, ma esiste già la nostra concupiscenza. Tu non ci crederai, ma questa idea ha commosso tutti i miei colleghi! Al pensiero del feto che si masturbava, avevano le lacrime agli occhi! ».

« E tu? ».

« Io ho provato repulsione... oh, Jean-Marc, soltanto repulsione... ».

Inspiegabilmente turbata, lo abbracciò, si strinse contro di lui e rimase così per alcuni secondi.

Poi continuò: « Ti rendi conto? Uno non è al sicuro nemmeno nel ventre, cosiddetto sacro, della propria madre. Ti filmano, ti spiano, ti osservano mentre ti masturbi. La tua povera masturbazione di feto. Da vivo, non sfuggirai di sicuro alle loro grinfie, questo lo sappiamo tutti. Ma neanche prima della tua nascita ci riuscirai, e neanche quando sarai morto. Ricordo una storia che ho letto su un giornale: un tizio era sospettato di essere un impostore perché si era fatto passare per un grande aristocratico russo in esilio. Dopo la sua morte, per smascherarlo, hanno aperto la tomba di una vecchia contadina che si supponeva fosse sua madre e ne hanno tirato fuori le ossa per esaminare il DNA della donna. Mi piacerebbe proprio sapere in nome di quale nobile causa si sono arrogati il diritto di disseppellire quella poveretta! Di perquisire la sua nudità, la assoluta, suprema nudità dello scheletro! Ah, Jean-Marc, io provo soltanto repulsione, nient'altro che repulsione. E la storia della testa di Haydn, la conosci? L'hanno staccata dal corpo ancora caldo perché uno scienziato un po' tocco potesse sbucciarne il cervello e determinare il punto esatto in cui risiede il talento musicale. E la storia di Einstein, che aveva lasciato precise disposizioni testamentarie per essere cremato? Gli hanno obbedito, ma prima della cremazione un suo fedele e devoto discepolo, incapace di vivere senza lo sguardo del maestro, ha prelevato gli occhi dal cadavere e li ha messi in una bottiglia piena d'alcol perché potessero fissarlo fino al giorno in cui anche lui fosse morto... Per questo ti ho detto che solo il fuoco della cremazione permetterà al nostro corpo di sfuggire alle loro grinfie. È l'unica morte assoluta. Ed è la sola che io voglia, Jean-Marc: una morte assoluta».

Una pausa, poi risuonarono di nuovo i colpi di martello.

«Solo ridotta in cenere avrò la certezza di non sentirli più».

«Chantal, che cosa ti succede?».

Lei lo guardò, poi gli voltò le spalle, nuovamente turbata. Turbata, questa volta, non dalle proprie parole, ma dalla voce di Jean-Marc, che era carica di una sollecitudine infinita.

19

L'indomani è andata al cimitero (ci va almeno una volta al mese) e si è fermata davanti alla tomba di suo figlio. Quando è lì, Chantal parla sempre con lui, e quel giorno, come se avesse bisogno di spiegarsi, di giustificarsi, gli ha detto, tesoro, tesoro mio, non pensare che non ti ami o che non ti abbia amato; è proprio perché ti ho amato, invece, che se tu fossi ancora qui non sarei potuta diventare quello che sono. È impossibile avere un figlio e disprezzare il mondo così com'è fatto, perché è a questo mondo che l'abbiamo destinato. È per via di nostro figlio che ci interessiamo tanto al mondo, che pensiamo al suo futuro, che ci lasciamo coinvolgere nel suo frastuono e nei suoi fermenti e prendiamo sul serio la sua irrimediabile stupidità. Morendo, mi hai privata del piacere di stare con te, ma al tempo stesso mi hai resa libera. Libera di fronte al mondo che non amo. E se posso permettermi di non amarlo è solo perché tu non ci sei più. I miei pensieri cupi non possono più ricadere su di te come una maledizione. Oggi, a distanza di tanti anni, voglio dirti che ho capito: la tua morte è stata un dono – e questo terribile dono io ho finito per accettarlo.

20

Il giorno seguente, Chantal trovò nella cassetta un'altra busta, con la stessa grafia sconosciuta. Questa seconda lettera non aveva la laconica leggerezza della prima, ed era piuttosto simile a un lungo verbale di polizia: « Sabato scorso sei uscita di casa alle nove e venticinque del mattino – più presto del solito. Io ti seguo ogni giorno fino alla fermata dell'autobus, ma questa volta hai preso la direzione opposta. Avevi in mano una borsa da viaggio, e sei entrata in una tintoria. Naturalmente la proprietaria ti conosce, e forse ti trova anche simpatica. L'ho osservata dalla strada: si è come risvegliata da una specie di sonnolenza, e il suo sguardo si è ravvivato; tu devi aver detto una battuta scherzosa, lei è scoppiata a ridere, e in quella sua risata, che avevi suscitato, mi è parso di vedere il riflesso del tuo volto. Poi sei uscita, con la borsa piena – di pullover, probabilmente, o di tovaglie, o di lenzuola. In ogni caso, quella borsa mi è sembrata una sorta di appendice artificiale alla tua vita ». A questo punto l'autore della lettera descrive il vestito che lei indossava e la collana che aveva al collo. « Quelle pietre non te le avevo mai viste prima. Sono belle, il rosso ti dona. Ti illumina ».

La lettera è firmata C.D.B. Curioso. La prima non portava alcuna firma, il che ha indotto Chantal a pensare che tale anonimato fosse per così dire autentico. Uno sconosciuto che le rivolge un cenno di saluto e subito sparisce. Ma una firma, sia pure abbreviata, testimonia l'intenzione di farsi un po' alla volta riconoscere, lentamente ma inesorabilmente. C.D.B., ripete fra sé Chantal con un sorriso: Cyrille-Didier Bourguiba. Charles-David Barberousse.

Poi comincia a riflettere sul testo: quell'uomo l'ha seguita per strada (« ti seguo come una spia » ha scritto nella sua prima lettera): dunque lei avrebbe dovuto vederlo. Ma Chantal osserva il mondo attorno a sé con scarso interesse, e quel giorno era ancora più distratta poiché insieme a lei c'era Jean-Marc. Del resto, è stato proprio lui, e non lei, che ha fatto ridere la proprietaria della tintoria e che portava la borsa da viaggio. Chantal rilegge le parole in questione: « quella borsa mi è sembrata una sorta di appendice artificiale alla tua vita ». Come poteva, la borsa, essere « un'appendice alla sua vita » se non era lei a portarla? Ma allora quella « appendice alla sua vita » non è proprio Jean-Marc? L'autore della lettera ha forse voluto attaccare, sia pur in modo indiretto, l'uomo che lei ama? A un tratto le viene da ridere, perché si rende conto di quanto sia comica la sua reazione: è capace di prendere le difese di Jean-Marc perfino con un amante immaginario!

Anche questa volta non sapeva che fare della lettera, e il balletto delle incertezze si ripeté in tutte le sue fasi: prima si mise a contemplare la tazza del water pensando di buttarcela dentro, poi stracciò la busta in tanti pezzi che sparirono travolti dall'acqua, e alla fine piegò la lettera, la portò nella sua stanza e la nascose sotto i reggiseni. Mentre era china davanti al ripiano della biancheria, sentì che si apriva la porta. Chiuse in fretta l'armadio e si voltò: sulla porta c'era Jean-Marc.

Lui avanza lentamente verso di lei e la scruta come non ha mai fatto prima d'ora, con una sorta di sgradevole intensità; quando le arriva vicino, la prende per le braccia e, continuando a fissarla, la tiene ferma a una trentina di centimetri dal proprio corpo. Chantal è confusa, incapace di aprir bocca. Quando la sua confusione è arrivata al culmine, lui scoppia a ridere e la stringe a sé: « Volevo guardare la palpebra che ti pulisce la cornea come un tergicristallo pulisce un parabrezza ».

21

Ci sta pensando dal giorno in cui ha visto F. per l'ultima volta: l'occhio è la finestra dell'anima, il fulcro della bellezza del volto, il luogo in cui si concentra l'identità di un individuo; ma al tempo stesso è lo strumento che ci consente di vedere e che ha costantemente bisogno di essere deterso, inumidito, trattato con uno speciale liquido in cui è disciolta una determinata quantità di sale. Insomma lo sguardo, la cosa più meravigliosa che un uomo possegga, subisce un'interruzione periodica, dovuta a un movimento meccanico di lavaggio. Come un parabrezza pulito da un tergicristallo. Al giorno d'oggi la velocità del tergicristallo si può anche regolare, in modo che fra un movimento e l'altro vi sia una pausa di dieci secondi – che è, pressappoco, l'intervallo fra due battiti di palpebra.

Jean-Marc guarda gli occhi delle persone con le quali parla, cercando di osservare il movimento della palpebra, e si rende conto che è tutt'altro che semplice. Di solito, nessuno è consapevole della palpebra. Pensa: se c'è una cosa che vedo di continuo, sono proprio gli occhi degli altri, e quindi le palpebre e il loro movimento. Eppure io non lo registro, questo movimento, lo sottraggo agli occhi che ho di fronte a me.

Pensa anche: nel suo improvvisato laboratorio artigianale, Dio è riuscito per puro caso a costruire questo modello di corpo del quale siamo costretti, ciascuno per un breve lasso di tempo, a diventare l'anima. Ma che miserabile destino è quello di essere l'anima di un corpo fabbricato alla buona, di un corpo dotato di occhi che non sono in grado di funzionare se non vengono puliti ogni dieci o venti secondi! Come credere allora che l'altro, colui che abbiamo di fronte, sia un essere libero, indipendente, padrone di sé? Come credere che il suo corpo sia l'espressione fedele di un'anima che lo abita? Per poterlo credere, è stato necessario dimenticare quel perpetuo battere della palpebra. Dimenticare quell'improvvisato laboratorio artigianale dal quale proveniamo. È stato necessario sottoscrivere un contratto che ci impegna all'oblio. Un contratto che ci è stato imposto da Dio in persona.

C'era stato però, tra l'infanzia e l'adolescenza, un breve periodo in cui Jean-Marc non aveva ancora la consapevolezza di questo impegno all'oblio – un periodo in cui guardava con stupore la palpebra che scivolava sull'occhio –, finché si rese conto che l'occhio non è una finestra attraverso la quale si vede un'anima, unica e prodigiosa, bensì un apparecchio fabbricato alla bell'e meglio che qualcuno, da tempo immemorabile, ha messo in funzione. Quel momento di improvvisa lucidità adolescenziale fu senza dubbio traumatico. « Ti sei fermato, » gli aveva detto F. « mi hai guardato dritto in faccia e mi hai detto con un tono di voce stranamente deciso: "Il più delle volte mi basta vedere come batte le palpebre..." ». Jean-Marc non se ne ricordava. Era stato un trauma destinato all'oblio. E infatti lo avrebbe dimenticato per sempre se F. non glielo avesse ricordato.

Immerso nei suoi pensieri, Jean-Marc tornò a casa e aprì la porta della camera di Chantal. Lei stava riponendo qualcosa nell'armadio, e Jean-Marc aveva voglia di vedere la palpebra che puliva il suo occhio – un occhio che per lui era la finestra di un'anima ineffabile. Andò verso di lei, la prese per le braccia e guardò i suoi occhi: effettivamente sbattevano, e anche piuttosto rapidamente, come se sapesse che stava subendo un esame.

Jean-Marc vedeva la palpebra alzarsi e abbassarsi, in fretta, troppo in fretta, e voleva ritrovare quella sensazione provata a sedici anni, quando quel meccanismo oculare gli era parso così disperatamente deludente. Ma l'insolita velocità della palpebra e l'improvvisa irregolarità dei suoi movimenti, più che deluderlo, lo intenerirono: nel tergicristallo della palpebra di Chantal vedeva l'ala della sua anima, l'ala che si dibatteva, tremante e spaurita. Come folgorato dall'emozione, strinse a sé Chantal.

Poi allentò la stretta e vide il volto di lei, confuso, spaventato.

« Volevo guardare la palpebra che ti pulisce la cornea come un tergicristallo pulisce un parabrezza » le disse.

« Non capisco davvero cosa stai dicendo » replicò lei, che di colpo sembrava rasserenata.

E Jean-Marc le parlò dell'episodio caduto nell'oblio che l'amico di un tempo aveva rievocato.

22

« Quando F. mi ha ricordato quello che, secondo lui, gli avevo detto una volta al liceo, ho avuto l'impressione di sentire una cosa totalmente assurda ».

« Figuriamoci » disse Chantal. « Per come ti conosco, l'hai detto di sicuro. Tutto coincide. E i tuoi studi di medicina? ».

Jean-Marc non aveva mai sottovalutato il momento magico in cui un uomo sceglie quello che sarà il suo mestiere. E, sapendo che la vita è troppo breve perché tale scelta non sia irrevocabile, l'aveva tormentato la consapevolezza di non sentirsi attratto da alcun mestiere. Aveva allora passato in rassegna con un certo scetticismo le varie possibilità che gli si offrivano: fare il magistrato vuol dire dedicare l'intera vita a perseguitare il prossimo; gli insegnanti sono lo zimbello degli allievi maleducati; quanto alle discipline scientifiche, il progresso comporta, insieme a piccoli vantaggi, un elevato grado di nocività; le scienze umane non sono altro che chiacchiere vuote quanto sofisticate; l'arredamento (che lo attirava per via del nonno, che faceva il falegname) è totalmente asservito alle mode, che lui detestava; i poveri farmacisti sono ormai ridotti al ruolo di semplici commessi. Quando si chiedeva che mestiere avrebbe scelto, dentro di sé non percepiva altro che un silenzio imbarazzato. Alla fine aveva optato per la medicina, non per assecondare una segreta inclinazione, ma per una sorta di idealismo altruistico: riteneva infatti che la medicina fosse la sola occupazione incontestabilmente utile all'umanità, ma anche quella in cui gli effetti negativi dovuti al progresso sono ridotti al minimo.

Le delusioni non tardarono ad arrivare. Nel

corso del secondo anno di università, costretto com'era a passare il suo tempo in sala di dissezione, aveva subito un trauma dal quale non si era mai più ripreso: era incapace di guardare in faccia la morte. Poco dopo dovette confessare a se stesso che la verità era ancora peggiore: era incapace di guardare in faccia il corpo – la sua fatale, irresponsabile imperfezione; l'orologio della decomposizione che ne regola il funzionamento; il suo sangue, le sue viscere, il suo dolore.

Quando aveva parlato a F. del proprio disgusto per il movimento della palpebra doveva avere sedici anni. Quando aveva deciso di studiare medicina doveva averne diciannove; a quell'epoca, avendo ormai sottoscritto il contratto di impegno all'oblio, non si ricordava più di quel che aveva detto a F. tre anni prima. Peccato, perché quel ricordo avrebbe potuto metterlo in guardia, avrebbe potuto fargli capire che la sua decisione di studiare medicina era puramente teorica, e che l'aveva presa senza conoscersi affatto.

Così aveva frequentato la facoltà di medicina per tre anni prima di abbandonarla con la sensazione di un naufragio. Che altro scegliere dopo aver buttato via quegli anni? A che cosa aggrapparsi, dal momento che dentro di lui regnava lo stesso silenzio di prima? Scese per l'ultima volta il grande scalone esterno della facoltà con il presentimento che avrebbe finito per ritrovarsi da solo su un binario dal quale tutti i treni erano ormai partiti.

23

Nel tentativo di identificare l'autore delle lettere, Chantal si guardava attorno in modo discreto ma non per questo meno vigile. All'angolo della strada dove abitavano c'era un bistrot: luogo ideale per chi volesse spiarla, poiché da lì si vedeva il portone di casa sua, le due strade dalle quali passava ogni giorno e la fermata dell'autobus. Vi entrò, si sedette, ordinò un caffè e cominciò a esaminare i clienti. Accanto al bancone vide un giovane che, quando era entrata, aveva distolto lo sguardo. Era un cliente abituale, che conosceva di vista. Si ricordò, anzi, che in passato i loro sguardi si erano incrociati parecchie volte e che, da un po' di tempo, lui faceva finta di non vederla.

Il giorno seguente lo indicò alla sua vicina di casa.

« Ma è il signor Dubarreau! ».

« Dubarreau o du Barreau? ».

La vicina non lo sapeva.

« E di nome, sa come si chiama? ».

No, la vicina non sapeva neanche questo.

Du Barreau: poteva andar bene. In questo caso, il suo ammiratore non era senz'altro né uno Charles-Didier né un Christophe-David, la D era l'iniziale della particella nobiliare, e du Barreau aveva un solo nome di battesimo. Cyrille du Barreau. O, meglio ancora: Charles. Chantal si immagina una famiglia di nobili di provincia decaduti. Una famiglia comicamente orgogliosa di quella particella nobiliare. Le sembra di vedere Charles du Barreau appoggiato al bancone del bistrot con la sua aria indifferente, e pensa che tutto sommato quella particella gli si addice, che corrisponde perfettamente al suo atteggiamento un po' blasé.

L'indomani, mentre è per strada insieme a Jean-Marc, vede venirle incontro du Barreau. Chantal si è messa la collana di pietre rosse: è un regalo di Jean-Marc, ma lei la porta di rado, perché le sembra troppo vistosa. E ora si rende conto che l'ha messa perché du Barreau la trova bella. Lui penserà (e non a torto!) che è per lui, per fargli piacere, che la porta. Nel momento in cui si incrociano lui le rivolge uno sguardo fuggevole, lei fa altrettanto e, pensando alla collana, arrossisce. Arrossisce fino al seno, ed è sicura che lui se n'è accorto. Ma l'altro si è già allontanato, ed è Jean-Marc a stupirsi:

« Sei arrossita! Perché? Cos'è successo? ».

Anche lei è stupefatta: perché è arrossita? Si vergogna dell'eccessiva attenzione che presta a quell'uomo? Ma non è che banale curiosità! Oddio, perché negli ultimi tempi arrossisce così spesso, con tanta facilità, come un'adolescente?

Da adolescente, in effetti, arrossiva di continuo: si trovava all'inizio del percorso fisiologico della donna, e il suo corpo le appariva come qualcosa di ingombrante, qualcosa di cui si vergognava. Da adulta, ha smesso di arrossire. Poi le vampate di calore le annunciarono la fine del percorso, e di nuovo provò vergogna del suo corpo. Il suo pudore si ridestò e imparò un'altra volta ad arrossire.

24

Arrivarono altre lettere, e Chantal fu sempre meno capace di non farci caso. Erano lettere intelligenti, discrete, mai ridicole, mai fastidiose. Chi le scriveva non pretendeva niente, non domandava niente, non insisteva su niente. Aveva l'accortezza (o la furbizia) di lasciare nell'ombra la sua personalità, la sua vita, i suoi sentimenti, i suoi desideri. Era una spia, e scriveva unicamente di lei. Non erano lettere di seduzione, ma di ammirazione. La seduzione, se c'era, veniva concepita come un lungo cammino. La lettera che Chantal aveva appena ricevuto era tuttavia un po' più audace:

« Sono rimasto tre giorni senza vederti. Quando ti ho rivista, sono stato abbagliato dal tuo incedere così lieve, come se desiderassi librarti verso l'alto. Somigliavi alle fiamme, che per esistere devono innalzarsi e danzare. Più longilinea che mai, avanzavi circondata di fiamme – fiamme gioiose, dionisiache, ebbre, selvagge. Pensando a te, io getto sul tuo corpo nudo un mantello intessuto di fiamme. Sul tuo bianco corpo stendo un mantello rosso cardinale. E avvolta in questo mantello ti vedo in una camera rossa, sopra un letto rosso, mia rossa, stupenda cardinalessa! ».

Pochi giorni dopo Chantal acquistò una camicia da notte rossa. A casa la indossò, e cominciò a guardarsi allo specchio. Si guardava da ogni lato, sollevava lentamente l'orlo della camicia e aveva l'impressione di non essere mai stata così longilinea, di non aver mai avuto la pelle così bianca.

Arrivò Jean-Marc, e fu sorpreso nel vedere Chantal che, con un'andatura provocatoria e seducente, nuda sotto una camicia da notte rossa di splendida fattura, avanzava verso di lui, gli girava intorno, si ritraeva, e poi di nuovo gli si avvicinava, e di nuovo gli sfuggiva. Il gioco gli piacque, e cominciò a rincorrerla per tutta la casa. Di colpo, si presenta ai suoi occhi la scena primordiale di una donna inseguita da un uomo, e questa scena lo affascina. Lei corre attorno al grande tavolo rotondo, eccitata a sua volta dall'immagine di una donna braccata da un uomo che la desidera, poi si getta sul letto e solleva la camicia da notte fino al collo. Jean-Marc la possiede allora con uno slancio nuovo, imprevisto, e a un tratto lei ha l'impressione che nella stanza ci sia qualcuno che li osserva con un'attenzione allucinata, e vede il suo viso, il viso di Charles che le ha imposto quella camicia da notte rossa, che le ha imposto quell'atto d'amore, e nell'immaginarlo grida di piacere.

Adesso respirano l'uno accanto all'altro, e il pensiero di colui che la spia di continuo la eccita. Mormora all'orecchio di Jean-Marc qualcosa a proposito del mantello rosso che ha gettato sul suo corpo nudo per attraversare, come una stupenda cardinalessa, la chiesa affollata di fedeli. A quelle parole lui la prende di nuovo e, cullandosi sull'onda delle fantasie che lei continua a suggerirgli, la fa godere ancora.

Poi tutto si calma. Chantal vede solo, su un angolo del letto, la camicia rossa sgualcita dai loro corpi. E davanti ai suoi occhi semichiusi quella chiazza rossa si trasforma in un'aiuola di rose, e lei sente il lieve profumo che aveva quasi dimenticato – il profumo di rosa che desidera abbracciare tutti gli uomini.

25

La mattina del giorno seguente, un sabato, Chantal aprì la finestra e vide il cielo di un azzurro meraviglioso. Si sentì felice e di buon umore, e di punto in bianco disse a Jean-Marc, che stava per uscire:

« Chissà che fine ha fatto il mio povero Britannico... ».

« Perché? ».

« Sarà ancora uno sporcaccione? Sarà ancora vivo? ».

« Come mai ti è venuto in mente? ».

« Non lo so. Così ».

Jean-Marc uscì e lei rimase sola. Andò in bagno, poi aprì il suo armadio: aveva voglia di farsi particolarmente bella. Guardò i ripiani e qualcosa attirò la sua attenzione: su quello della biancheria, sopra una pila di indumenti, c'era il suo scialle accuratamente piegato, mentre lei si ricordava benissimo di averlo gettato lì dentro alla rinfusa. Qualcuno aveva forse messo ordine nella sua roba? La donna di servizio viene una volta alla settimana e non si occupa mai dei suoi armadi. Chantal fu colpita dal proprio spirito di osservazione e pensò che era tutto merito dell'allenamento a cui si era sottoposta molti anni prima, durante le vacanze trascorse nella villa della cognata. Là si sentiva sempre spiata a tal punto che aveva imparato a memorizzare esattamente la maniera in cui riponeva le sue cose, in modo da potersi accorgere del sia pur minimo cambiamento dovuto a una mano estranea. Rallegrandosi al pensiero che quel passato era ormai lontano, si guardò soddisfatta allo specchio e uscì. Arrivata in fondo alle scale, trovò ad aspettarla nella cassetta un'altra lettera. La mise nella borsa e cercò un posto dove poterla leggere. Trovò un piccolo giardino pubblico e si sedette sotto l'immensa cupola autunnale formata dai rami di un tiglio il cui fogliame, ormai quasi ingiallito, era incendiato dal sole.

« ... l'eco dei tuoi passi sul marciapiede mi fa pensare a tutte le strade che non ho percorso, e che si ramificano come le fronde di un albero. Tu hai ridestato in me quella che fu l'ossessione della mia prima giovinezza: proprio come un albero, infatti, immaginavo la vita che mi si apriva davanti. Lo chiamavo, a quell'epoca, l'albero delle possibilità. Solo per un tempo brevissimo ci è dato di vedere così la nostra vita. Ben presto essa ci appare come una strada segnata una volta per tutte, come un tunnel da cui non possiamo più uscire. Eppure, la vecchia immagine dell'albero ci rimane dentro sotto forma di un'insopprimibile nostalgia. Tu mi hai ricordato quell'albero, e in cambio io voglio trasmetterti la sua immagine, affinché tu oda il suo ammaliante mormorio».

Chantal levò lo sguardo: sopra la sua testa si allargavano, come un soffitto d'oro ornato di uccelli, i rami del tiglio. Quasi fosse lo stesso albero di cui parlava la lettera. La metafora dell'albero le si confondeva nella mente con la sua antica metafora della rosa. Ma adesso doveva tornare a casa. Levò ancora una volta lo sguardo verso il tiglio, come in segno di addio, e se ne andò.

Per la verità, la mitica rosa della sua adolescenza non le ha procurato poi tante avventure, e neppure le richiama alla mente situazioni concrete – a parte il ricordo piuttosto ridicolo di un inglese, molto più vecchio di lei, che più di una decina d'anni fa, di passaggio per l'agenzia, le ha fatto la corte per una mezzora. Soltanto dopo Chantal venne a sapere che aveva fama di gran donnaiolo, con una predilezione per le ammucchiate. Quell'incontro non ha avuto alcun seguito, se non per il fatto di essere diventato argomento di battute scherzose fra lei e Jean-Marc (è stato lui ad affibbiare all'inglese il soprannome di Britannico), e di aver attirato la sua attenzione su alcune parole che fino a quel momento le erano state del tutto indifferenti: la parola « ammucchiata », per esempio, e anche la parola « Inghilterra » che, contrariamente a ciò che evoca ad altri, rappresenta ora per lei il luogo del piacere e del vizio.

Mentre va verso casa, Chantal continua a sentire il chiassoso cinguettio degli uccelli appollaiati sul tiglio, e a vedersi davanti agli occhi il vecchio inglese depravato; avvolta nella nebbia di queste immagini, cammina con passo indolente fino alla strada in cui abita. Qui, a una cinquantina di metri da lei, vede che il bistrot ha messo i tavolini sul marciapiede e che a uno di essi è seduto, da solo, il suo giovane corrispondente: non ha in mano né un libro né un giornale, non sta facendo niente, ha davanti a sé un bicchiere di vino rosso e fissa il vuoto con un'espressione di appagata pigrizia, molto simile a quella della stessa Chantal. Il cuore comincia a batterle più forte. Che coincidenza diabolica! Nemmeno avesse saputo che sarebbe passata di lì subito dopo aver letto la sua lettera! Turbata come se camminasse coperta solo da un mantello rosso, Chantal si avvicina a colui che spia i suoi più intimi segreti. È ormai a pochi passi da lui, e aspetta il momento in cui le rivolgerà la parola. Che cosa farà lei? Chantal non ha mai desiderato questo incontro, ma non può certo scappar via come una ragazzina impaurita! Rallenta il passo sforzandosi di non guardarlo (oddio, si sta comportando davvero come una ragazzina: vuol dire che è proprio invecchiata?), ma stranamente il giovane, seduto davanti al suo bicchiere di vino rosso, fissa il vuoto con divina indifferenza e non sembra accorgersi di lei.

Chantal ha continuato a camminare verso casa, ed è ormai lontana. Forse du Barreau non ha avuto il coraggio di parlarle? O si è dominato? Macché. La sua indifferenza è stata talmente sincera che Chantal non può più avere dubbi: ha preso un abbaglio, un ridicolo abbaglio.

26

Quella sera stessa è andata a cena fuori con Jean-Marc. Al tavolo accanto al loro sono seduti un uomo e una donna immersi in un silenzio senza fine. Non è facile gestire il proprio silenzio sotto gli occhi di tutti. In che direzione dovrebbero guardare, quei due? Sarebbe ridicolo che si guardassero negli occhi senza dirsi una sola parola. Fissare il soffitto? Potrebbe sembrare un'ostentazione del proprio mutismo. Osservare la gente seduta ai tavoli vicini? Rischierebbero di incrociare sguardi divertiti dal loro silenzio, e sarebbe ancora peggio.

Jean-Marc dice a Chantal:

« Guarda che quei due mica si detestano. E nemmeno direi che all'amore sia subentrata l'indifferenza. Non si può misurare l'affetto che lega due esseri umani dalla quantità di parole che si scambiano. Direi semplicemente che le loro teste sono vuote. E che se rifiutano di parlarsi non avendo niente da dirsi, lo fanno magari per delicatezza. Tutto l'opposto di mia zia, quella che vive nel Périgord. Quando ci vediamo, non la smette mai di parlare. Ho cercato di capire se la sua loquacità risponde a un criterio. Lei riveste di parole tutto quello che vede e tutto quello che fa. Ti racconta che si è svegliata al mattino, che a colazione ha bevuto solo un caffè, che poi suo marito è andato a fare una passeggiata, figurati, Jean-Marc, che quando è tornato si è messo a guardare la televisione, figurati! dopo, quando si è stancato di saltare da un canale all'altro, ha cominciato a sfogliare dei libri. E così – sono parole sue, testuali – il tempo passa. Sai, Chantal, a me piacciono molto queste frasi semplici, comuni, che sono però come l'espressione di un mistero. Quell'"e così il tempo passa" è una frase fondamentale. Il loro problema è il tempo, far sì che il tempo passi, che passi però da solo, senza alcuno sforzo da parte loro, senza che siano costretti, come marciatori stremati, a compierne la traversata – e per questo lei parla tanto, perché le parole che pronuncia fanno avanzare il tempo, seppur impercettibilmente, mentre quando lei tiene la bocca chiusa il tempo si immobilizza, esce dall'oscurità, enorme, incombente, e fa paura alla mia povera zia che, presa dal panico, cerca subito qualcuno a cui poter raccontare che sua figlia è preoccupata perché il bambino ha la diarrea, capisci, Jean-Marc, la diarrea, eh già, proprio così, la diarrea, ed è andata da un medico, tu non lo conosci, abita non lontano da casa nostra, noi lo conosciamo da parecchi anni, eh già, da parecchi anni, ha curato anche me, questo medico, l'inverno che ho avuto l'influenza, ti ricordi, Jean-Marc, avevo una febbre terribile... ».

Chantal sorrise e Jean-Marc le raccontò un altro ricordo:

« Avevo sì e no dieci anni, e mio nonno, non quello che faceva il falegname, l'altro, era moribondo. Dalla bocca gli usciva un suono che non somigliava a nessun altro suono, nemmeno a un gemito perché non soffriva, e tanto meno alle parole che non sarebbe riuscito ad articolare, no, non aveva perso la parola, semplicemente non aveva niente da dire, niente da comunicare, nessun messaggio concreto, e non aveva neppure con chi parlare, nessuno più gli interessava, era ormai solo con il suono che emetteva, un unico suono, un "aaaaa" che non si interrompeva se non nei momenti in cui doveva prendere fiato. Io lo guardavo come ipnotizzato, ed è una cosa che non sono mai riuscito a dimenticare, perché, per quanto fossi poco più che un bambino, mi è sembrato di capire che mi trovavo davanti l'esistenza in quanto tale a confronto con il tempo in quanto tale; e ho capito che questo confronto si chiama noia. La noia di mio nonno si esprimeva con quel suono, con quell'interminabile "aaaaa", perché senza quell'"aaaaa" il tempo lo avrebbe schiacciato, e contro il tempo mio nonno aveva quella sola arma di difesa, quel povero "aaaaa" che non finiva mai».

«Vuoi dire che stava morendo e intanto si annoiava?».

«Sì, è proprio quello che voglio dire».

I due parlano della morte, della noia, bevono bordeaux, ridono, si divertono, sono felici.

Poi Jean-Marc riprende il filo del suo discorso:

«Secondo me, al giorno d'oggi la quantità di noia – ammesso che la noia sia misurabile – è molto aumentata. Perché una volta i mestieri, almeno in gran parte, non erano concepibili senza una dedizione appassionata: i contadini erano innamorati della terra; mio nonno era il mago dei bei tavoli; i calzolai conoscevano a memoria i piedi di tutti i loro compaesani; e così per i boscaioli, per i giardinieri; immagino che perfino i soldati uccidessero con passione. Il senso della vita non era un problema, era un qualcosa che li accompagnava, in modo del tutto naturale, nelle loro botteghe, nei loro campi. A ogni mestiere corrispondeva una mentalità specifica, uno specifico modo di essere. Un medico pensava in modo diverso da un contadino, un militare si comportava in modo diverso da un insegnante. Oggi invece siamo tutti uguali, tutti accomunati dall'indifferenza verso il nostro lavoro. E questa indifferenza è diventata una passione. La sola grande passione collettiva del nostro tempo».

«Anche tu, però,» dice Chantal «quando facevi il maestro di sci, quando scrivevi sui giornali articoli di architettura, e poi di medicina, o quando lavoravi come disegnatore in una falegnameria...».

«... già, quello era il lavoro che mi piaceva di più, peccato che non abbia funzionato...».

«... o nel periodo in cui eri disoccupato e non facevi niente dalla mattina alla sera – anche tu avresti dovuto annoiarti!».

«Tutto è cambiato il giorno in cui ho conosciuto te. Non certo perché i miei vari lavoretti sono diventati più appassionanti, ma perché adesso trasformo tutto quello che mi succede attorno in argomento di conversazione fra noi».

«Potremmo anche parlare d'altro!».

« Due esseri che si amano, soli, isolati dal resto del mondo... è molto bello! Ma di che cosa parlerebbero, tutto il tempo? Per quanto spregevole sia il mondo, essi ne hanno bisogno per potersi parlare ».

« Potrebbero sempre tacere ».

« Come quei due del tavolo vicino al nostro? » dice ridendo Jean-Marc. « Oh no, nessun amore sopravvive al mutismo ».

27

Il cameriere stava servendo il dolce. Jean-Marc passò a un altro argomento:

« Sai quel mendicante che si vede ogni tanto nella nostra strada? ».

« No ».

« Ma sì! Non puoi non averlo notato. È un uomo sulla quarantina, con l'aspetto di un impiegato o di un insegnante di scuola media, che se ne sta sempre lì, impietrito dall'imbarazzo, con la mano tesa a chiedere qualche spicciolo. Hai capito di chi parlo? ».

« No ».

« Ma dài! Si piazza sempre sotto un platano, peraltro l'unico che ci abbiano lasciato: si vedono anche i rami dalla finestra ».

L'immagine del platano glielo fece venire in mente di colpo:

« Ah sì! Ho capito chi è! ».

« Mi è venuta voglia di parlargli, di attaccare discorso con lui, di sapere esattamente chi è, ma non hai idea di quanto sia difficile ».

Chantal non sente le ultime parole di Jean-Marc. Vede davanti a sé il mendicante. L'uomo che sta sotto un albero. Un uomo scialbo, di una discrezione assoluta. Sempre impeccabilmente vestito, tanto che i passanti a stento si accorgono che è lì a mendicare. Pochi mesi fa le ha chiesto, molto educatamente, l'elemosina.

Jean-Marc proseguì: « È difficile perché avrebbe sicuramente una reazione di diffidenza. Non capirebbe perché voglio parlare con lui. Per curiosità? Gli farebbe paura. Per pietà? Si sentirebbe umiliato. Per proporgli qualcosa? Ma che cosa dovrei proporgli? Ho cercato di mettermi nei suoi panni per capire che cosa può aspettarsi dagli altri uno come lui, ma non sono arrivato a niente ».

Chantal se lo immagina sotto il suo albero, e proprio pensando all'albero capisce, per un'improvvisa folgorazione, che l'autore delle lettere è lui. Si è tradito proprio con quella metafora dell'albero, lui, l'uomo che sta sotto l'albero, pervaso com'è dell'immagine del suo albero. Le sue riflessioni si susseguono in rapida sequenza: chi altri se non lui, che non ha niente da fare e moltissimo tempo a disposizione, potrebbe mettere di nascosto una lettera nella sua cassetta della posta; chi altri se non lui, occultato dalla sua stessa nullità, potrebbe seguirla giorno dopo giorno senza che nessuno se ne accorga?

Jean-Marc continuava: « Potrei dirgli: vuole aiutarmi a sistemare la cantina? Rifiuterebbe, non per pigrizia, ma perché non ha abiti da lavoro e non può permettersi di sciupare quello che indossa. Eppure mi piacerebbe tanto parlare con lui! È il mio alter ego ».

Chantal, senza prestargli ascolto, gli chiede: « Quale sarà mai la sua vita sessuale? ».

Jean-Marc scoppia a ridere: « La sua vita sessuale? Ma non esiste! Nient'altro che sogni! ».

Sogni, pensa Chantal. Ecco che cos'è lei: il sogno di uno sventurato. Ma perché ha scelto proprio lei?

Jean-Marc torna di nuovo sulla sua idea fissa: « Un giorno vorrei dirgli: andiamo a prendere un caffè insieme, lei è il mio alter ego. Lei subisce la sorte a cui io sono sfuggito per puro caso ».

« Non dire sciocchezze » lo interrompe Chantal. « Tu non hai mai rischiato una sorte simile ».

« Non ho mai dimenticato il momento in cui ho lasciato la facoltà e ho capito che tutti i treni erano partiti ».

« Lo so, lo so, » dice Chantal, che questa storia l'ha già sentita parecchie volte « ma come puoi paragonare il tuo piccolo fallimento alle vere disgrazie di un uomo ridotto ad aspettare che un passante gli metta in mano qualche spicciolo? ».

« Non è un fallimento rinunciare agli studi, ma quello a cui ho rinunciato allora erano le mie ambizioni. Da un giorno all'altro, sono diventato un uomo senza ambizioni. E avendo perduto le mie ambizioni, mi sono ritrovato ai margini del mondo. E quel che è peggio, non avevo alcuna voglia di essere altrove. Tanto più che non ero affatto minacciato dalla miseria. Ma se non hai nessuna ambizione, se non sei avido di successo e di riconoscimenti, allora sei uno che vive sull'orlo del baratro. E io, lo riconosco, ci vivo assai comodamente. Ciò non toglie che è proprio sull'orlo del baratro che io vivo. Il che significa, senza esagerare, che sto dalla parte del mendicante e non dalla parte del padrone di questo magnifico ristorante che tanto mi piace ».

Chantal pensa: sono diventata l'idolo erotico di un mendicante. Che onore! C'è da morir dal ridere! Poi si corregge: perché mai i desideri di un mendicante sarebbero meno rispettabili di quelli di un uomo d'affari? Proprio per il fatto di essere senza speranza, quei desideri hanno una qualità inestimabile: sono spontanei e sinceri.

Poi le viene in mente un'altra idea: il giorno in cui, con addosso la camicia da notte rossa, faceva l'amore con Jean-Marc, quella terza persona che li osservava, che era nella stanza insieme a loro, non era il giovane del bistrot, era il mendicante! È stato lui a gettarle sulle spalle il mantello rosso, a fare di lei una viziosa cardinalessa! Per qualche istante l'idea le sembra sgradevole, fastidiosa, ma non ci vuole molto perché il suo senso dello humour prenda il sopravvento – e silenziosamente, fra sé e sé, Chantal ride. Quell'uomo così timido, con quella cravatta che fa tenerezza, se lo immagina in piedi contro una parete della loro camera da letto, che tende la mano e li fissa con aria viziosa mentre fanno l'amore. E vede se stessa che, alla fine della scena d'amore, si alza dal letto nuda e sudata, prende dal tavolo la borsa, vi cerca qualche spicciolo e glielo mette in mano. A questo punto, deve fare uno sforzo per non scoppiare a ridere.

28

Jean-Marc guardava Chantal, e all'improvviso la vide illuminarsi come per una segreta allegria. Non aveva nessuna voglia di chiedergliene il motivo: gli bastava assaporare il piacere di guardarla. Mentre lei si perdeva nelle sue buffe fantasticherie, lui pensava che Chantal era il suo solo legame affettivo con il mondo. Quando sente parlare di carcerati, o delle vittime di persecuzioni e carestie, il solo modo che abbia per sentirsi personalmente, dolorosamente toccato dalle sventure di quella gente è di immaginare Chantal al posto loro. Se gli parlano di donne stuprate durante una guerra civile, è Chantal che lui immagina vittima di uno stupro. Solo lei, e nessun altro, riesce a scuoterlo dalla sua indifferenza. E solo attraverso di lei è capace di provare compassione.

Avrebbe voluto dirglielo, ma ebbe timore di sembrare patetico. Tanto più che un'altra idea, opposta alla prima, lo colse come di sorpresa: e se gli capitasse di perdere quell'unico essere che lo lega al resto dell'umanità? Non pensava alla morte di Chantal, ma a qualcosa di più sottile, di inafferrabile, la cui prospettiva lo tormentava già da un po': pensava che un giorno avrebbe potuto non riconoscerla più; che un giorno si sarebbe accorto che Chantal non era la Chantal con cui aveva vissuto, bensì la donna che sulla spiaggia aveva scambiato per lei; che la certezza rappresentata per lui da Chantal si sarebbe rivelata illusoria, e lei gli sarebbe diventata indifferente come chiunque altro.

Chantal mise una mano sopra la sua: « Che cos'hai? Sei di nuovo triste. Da qualche giorno ho notato che sei triste. Che cosa c'è? ».

« Niente. Proprio niente ».

« E invece sì. Dài, che cos'è che ti rende triste in questo momento? ».

« Ho immaginato che tu eri un'altra ».

« In che senso? ».

« Che eri diversa da come ti immagino io. Che mi ero ingannato sulla tua identità ».

« Non capisco ».

Lui pensava a una pila di reggiseni. Un ridicolo, triste mucchietto di reggiseni. Ma ecco che attraverso quella visione riaffiorava il vero volto di Chantal seduta di fronte a lui. Sentiva il contatto della sua mano, e l'impressione di avere davanti a sé un estraneo o un traditore si andava rapidamente cancellando. Le sorrise: « Lascia perdere. Fa' conto che non abbia detto niente ».

29

In piedi contro la parete della stanza mentre loro facevano l'amore, con la mano tesa e gli occhi avidamente fissi sui loro corpi nudi: così Chantal lo ha immaginato nel corso della cena al ristorante. Adesso lo vede davvero, in piedi contro l'albero, che tende goffamente la mano ai passanti. Dapprima vorrebbe fingere di non vederlo, poi, apertamente, con la vaga intenzione di risolvere una volta per tutte una situazione ingarbugliata, gli si ferma davanti con aria decisa. Senza alzare gli occhi, l'altro ripete la sua formula: « Per favore, mi dia qualcosa ».

Lei lo guarda: è ansiosamente pulito, porta la cravatta, e ha i capelli grigi pettinati all'indietro. È bello o brutto? La sua condizione lo pone al di là del bello e del brutto. Chantal vorrebbe dirgli qualcosa, ma non sa che cosa. Ammutolita dall'imbarazzo, apre la borsa e vi cerca qualche moneta, ma trova soltanto pochi centesimi. Lui se ne sta lì, immobile, con quella terribile mano tesa verso di lei, e la sua immobilità rende il silenzio ancora più pesante. Le sembra impossibile, adesso, dirgli: mi scusi, non ho spiccioli, così decide di dargli una banconota, ma trova solo un biglietto da duecento franchi. È un'elemosina spropositata, che la fa arrossire: le pare quasi di mantenere un amante immaginario, pagandolo più del dovuto perché lui continui a scriverle lettere d'amore. L'uomo, nel ritrovarsi in mano una banconota anziché un pezzetto di metallo freddo, alza la testa e Chantal vede i suoi occhi, pieni di stupore, lo sguardo impaurito. Sentendosi a disagio, si allontana rapidamente.

Quando gli ha messo in mano il biglietto da

duecento franchi, Chantal pensava ancora che lo stava dando al suo ammiratore. Solo ora che si è allontanata ritrova in parte la sua lucidità: negli occhi dell'uomo non c'era alcun bagliore di complicità, neanche l'ombra di un'allusione a un comune segreto – c'era solo un'autentica, profonda sorpresa: lo stupore misto a paura del derelitto. Di colpo, è tutto chiaro: supporre che quell'uomo possa essere l'autore delle lettere è il colmo dell'assurdità. Si sente montare dentro una terribile collera contro se stessa. Perché mai dedica tanta attenzione a quella fesseria? Perché, anche se solo con l'immaginazione, si presta a quell'avventura da quattro soldi architettata da uno sfaccendato afflitto dalla noia? L'idea del pacchetto di lettere nascosto sotto i reggiseni le appare di colpo intollerabile. Immagina che, da un luogo segreto, qualcuno osservi tutto quello che fa, ignorando tuttavia quello che pensa. Stando a ciò che vede, questo qualcuno non potrebbe che giudicarla come una delle tante donne affamate di uomini, o, peggio ancora, come una donna romantica e sciocca che conserva a mo' di reliquia ogni testimonianza d'amore su cui poter fantasticare.

Non riuscendo più a sopportare lo sguardo canzonatorio dell'osservatore invisibile, appena arriva a casa Chantal va verso l'armadio. Vede la pila dei reggiseni e qualcosa la colpisce. Ma certo, anche ieri lo aveva notato: il suo scialle non era piegato come lo piega lei di solito. Il suo stato di euforia glielo ha fatto subito dimenticare. Ma questa volta non può ignorare quella traccia lasciata da una mano che non è la sua. Ah, è fin troppo chiaro! Jean-Marc ha trovato le lettere! La sorveglia! La spia!

È presa da una gran rabbia contro tutto e tutti: contro lo sconosciuto che senza chiedere il permesso la infastidisce con le sue lettere; contro se stessa che si comporta come una sciocca e invece di buttarle le nasconde; e contro Jean-Marc che la spia. Toglie dall'armadio il pacchetto delle lettere e va (quante volte lo ha già fatto!) nella stanza da bagno. Qui, prima di strapparle e di buttarle nel water, le guarda per l'ultima volta e, diffidente com'è diventata, nota nella scrittura qualcosa che la insospettisce. Le esamina attentamente: l'inchiostro è sempre lo stesso, i caratteri sono tutti molto grandi, inclinati leggermente a sinistra, ma diversi da una lettera all'altra, come se chi le ha scritte non fosse riuscito a riprodurre sempre la stessa grafia. Questo le sembra così strano che anche stavolta decide di non strappare le lettere e si siede invece alla sua scrivania per rileggerle. Si sofferma sulla seconda, quella che racconta di quando era stata in tintoria. Come erano andate le cose, quel giorno? Lei era insieme a Jean-Marc, ed era lui che portava la borsa da viaggio. Nella tintoria (Chantal se lo ricorda perfettamente), era stato ancora Jean-Marc a far ridere la proprietaria. Il suo corrispondente parla di quella risata. Ma come avrebbe potuto sentirla? Afferma di averla guardata dalla strada. Ma chi avrebbe potuto osservarla senza che lei se ne rendesse conto? Nessun du Barreau. E nessun mendicante. Una sola persona: quella che era insieme a lei dentro la tintoria. E la formula « una sorta di appendice artificiale alla tua vita », che le era sembrata un attacco maldestro contro Jean-Marc, era in realtà una civetteria narcisistica dello stesso Jean-Marc. Sì, è proprio il suo narcisismo ad averlo tradito, un narcisismo piagnucoloso che voleva dirle: non appena sulla tua strada compare un altro uomo, io sono soltanto un oggetto inutile, una semplice appendice alla tua vita. Poi Chantal si ricorda di quel curioso discorso alla fine della loro cena al ristorante. Jean-Marc le ha detto che forse si era ingannato sulla sua identità. Che forse lei era un'altra! « Ti seguo come una spia » le ha scritto nella sua prima lettera. Dunque è lui la spia. La tiene d'occhio, la mette alla prova, per dimostrare a se stesso che Chantal non è quella che crede! Le scrive delle lettere nascondendosi sotto uno pseudonimo e poi osserva il suo comportamento, e arriva al punto di frugare nel suo armadio, fra i suoi reggiseni!

Ma perché lo fa?

La risposta è una sola: vuole tenderle una trappola.

Ma perché tenderle una trappola?

Per sbarazzarsi di lei. In effetti, lui è il più giovane dei due, e lei è invecchiata. Per quanto cerchi di tenere nascoste le sue vampate di calore, è invecchiata, e si vede. Lui sta cercando una ragione per lasciarla. Non sarebbe mai capace di dirle: sei invecchiata, e io sono giovane. È troppo corretto, troppo gentile per fare una cosa del genere. Ma quando avrà la certezza che lei lo tradisce, che è capace di tradirlo, la lascerà con la stessa disinvoltura, la stessa freddezza con cui ha escluso dalla propria vita il suo vecchio amico F. Quella freddezza, così stranamente gioiosa, le ha sempre fatto paura. Ora capisce che la sua paura era premonitoria.

30

Jean-Marc aveva iscritto il rossore di Chantal sulla prima pagina del libro d'oro del loro amore. Si erano incontrati per la prima volta in mezzo a un folto gruppo di persone, riunite in un salone intorno a una lunga tavola ricoperta di coppe di champagne e di vassoi carichi di pane tostato, di vari tipi di pâté e di prosciutto. Era un albergo di montagna: lui faceva allora il maestro di sci ed era stato invitato, per un capriccio della sorte e per una sola volta, al cocktail con cui ogni sera terminavano i lavori di un convegno che si teneva proprio lì. Qualcuno presentò Jean-Marc a Chantal, ma di sfuggita e così in fretta che nessuno dei due tenne a mente il nome dell'altro. Si scambiarono solo poche parole, e sempre in presenza degli altri. Jean-Marc tornò il giorno dopo, senza essere stato invitato, unicamente per rivederla. Quando si accorse che lui era lì, Chantal arrossì. Diventò tutta rossa, non solo sulle guance, ma sul collo e anche più giù, su tutto il décolleté: diventò splendidamente rossa davanti agli occhi dell'intera compagnia, rossa a causa di lui e per lui. Quel rossore fu la sua dichiarazione d'amore, fu quel rossore a decidere di tutto. Una mezzora dopo riuscirono a incontrarsi da soli nella penombra di un lungo corridoio: senza pronunciare neanche una parola, avidamente, si baciarono.

Il fatto che poi, per anni e anni, lui non l'avesse più vista arrossire gli aveva confermato l'eccezionalità di quel rossore che brillava in lontananza, nel loro passato, come un rubino di inestimabile valore. Finché un giorno lei gli ha detto che gli uomini non si voltavano più a guardarla. Quelle parole, di per sé banali, sono diventate importanti per via del rossore che le accompagnava. Jean-Marc non è potuto rimanere sordo al linguaggio dei colori, che era il linguaggio del loro amore, e che, insieme alla frase da lei pronunciata, gli è sembrato esprimere il dolore di invecchiare. È per questo che, sotto le spoglie di un estraneo, le ha scritto: « Ti seguo come una spia, sei bella, bellissima ».

Quando ha messo nella cassetta la prima lettera non pensava nemmeno che gliene avrebbe inviate delle altre. Non aveva alcun piano, alcun progetto a lungo termine: voleva semplicemente farle piacere, adesso, subito, liberarla dall'impressione deprimente che gli uomini non si voltassero più a guardarla. Non aveva neppure tentato di prevedere la sua reazione. Se, malgrado tutto, si fosse sforzato di immaginarsela, era pronto a giurare che lei gli avrebbe mostrato la lettera dicendo: lo vedi? gli uomini non mi hanno ancora dimenticata!, e lui, con il candore di un innamorato, avrebbe aggiunto le proprie lodi a quelle dello sconosciuto. Ma lei non gli ha mostrato un bel niente. E così, in mancanza di un epilogo, la vicenda è rimasta aperta. Nei giorni successivi lui l'ha vista disperata, ossessionata dal pensiero della morte, cosicché, volente o nolente, ha continuato a scriverle.

Mentre scriveva la seconda lettera pensava: sto diventando come Cyrano. Cyrano: colui che, sotto le spoglie di un altro, dichiara il suo amore alla donna amata; colui che, affrancatosi dal peso del proprio nome, può dare finalmente libero corso alla sua eloquenza. Perciò, in calce alla lettera, ha apposto la firma C.D.B. Un codice accessibile a lui soltanto. Come se avesse voluto lasciare un segno cifrato del suo passaggio. C.D.B.: Cyrano de Bergerac.

E continuava a recitare la parte di Cyrano. Avendo avuto il sospetto che lei non credesse più nel proprio fascino, le parlava del suo corpo, con precisi riferimenti a ogni sua parte – volto, occhi, naso, collo, gambe –, perché lei ne andasse nuovamente fiera. Era felice di constatare che sceglieva i suoi abiti con maggior piacere, che era diventata più allegra, ma non poteva nascondersi che quel successo lo irritava: prima, non le piaceva portare la collana di pietre rosse, neanche quando lui glielo chiedeva; a un altro, invece, aveva dato subito retta.

Cyrano non può vivere senza gelosia. Il giorno in cui è entrato nella stanza di Chantal e l'ha vista china davanti a un ripiano dell'armadio, si è accorto benissimo del suo imbarazzo. Allora le ha parlato della palpebra che pulisce l'occhio, facendo finta di non aver visto niente; soltanto il giorno dopo, mentre era solo in casa, ha aperto l'armadio e ha trovato, sotto la pila dei reggiseni, le sue due lettere.

Questo gli ha dato da pensare, e si è chiesto ancora una volta perché lei non gliele avesse mostrate; la risposta gli è sembrata ovvia. Se un uomo scrive delle lettere a una donna è per preparare il terreno sul quale, più tardi, cercherà di sedurla. E se la donna tiene nascoste tali lettere, è perché vuole che la sua discrezione di oggi protegga l'avventura di domani. E se per giunta le conserva, significa che è disposta a considerare tale avventura come un amore.

Jean-Marc è rimasto a lungo davanti all'armadio aperto, e in seguito, ogni volta che metteva una lettera nella cassetta, andava a controllare se era stata riposta insieme alle altre, sotto i reggiseni.

31

Se Chantal fosse venuta a sapere che Jean-Marc le era stato infedele ne avrebbe certamente sofferto, ma si sarebbe trattato di una delle cose che, al limite, poteva aspettarsi da lui. Ma che la spiasse, che la mettesse alla prova con quei metodi polizieschi, era una cosa che non corrispondeva assolutamente all'opinione che si era fatta di lui. Quando si sono conosciuti, Jean-Marc non ha voluto sapere niente della sua vita passata; e in breve tempo Chantal ha condiviso la radicalità di quel rifiuto. Non aveva segreti per lui, e gli taceva solo quel che lui stesso non aveva voglia di sentirsi raccontare. Sicché Chantal non capisce per quale ragione lui si sia messo, di punto in bianco, a sorvegliarla.

A un tratto le torna in mente la frase sul mantello rosso cardinale che le ha fatto perdere la testa, e prova vergogna: con che facilità ha recepito le immagini che le venivano suggerite! Quanto dev'essergli sembrata ridicola! Lui l'ha messa in gabbia come un coniglio. Si diverte perfidamente a osservare le sue reazioni.

E se invece si sbagliasse? Non si è forse già sbagliata due volte nel ritenere di aver smascherato il suo corrispondente?

Va a prendere un paio di lettere che Jean-Marc le ha scritto in passato e le confronta con quelle di C.D.B. Jean-Marc ha una grafia lievemente inclinata a destra, con dei caratteri piuttosto piccoli, mentre lo sconosciuto scrive a caratteri grandi e inclinati a sinistra. Ma è proprio questa differenza così evidente a denunciare l'inganno. La prima cosa a cui penserà uno che voglia falsificare la propria scrittura sarà di modificare l'inclinazione e le dimensioni dei caratteri. Chantal prova a confrontare le *f*, le *a* e le *o* delle lettere di Jean-Marc con quelle dello sconosciuto. E si accorge che, malgrado la diversa grandezza, il tratto pare abbastanza simile. Ma poi, più si ostina a confrontarle, più sente quella certezza venir meno. Insomma, non è una grafologa, e non può essere sicura di niente.

Allora prende una lettera di Jean-Marc e una di quelle firmate C.D.B. e se le mette nella borsa. E delle altre, che ne farà? Potrebbe trovare un nascondiglio migliore, ma a che servirebbe? Jean-Marc le ha già viste, e ha visto anche dove le tiene. Non deve accorgersi che lei sa di essere spiata. Perciò le rimette nell'armadio, esattamente dove sono sempre state.

Poi andò a suonare alla porta di uno studio di grafologia. Le venne ad aprire un giovane in abito scuro che la guidò, lungo un corridoio, fino a un ufficio: dietro a un tavolo c'era un altro uomo, robusto, in maniche di camicia. Mentre il primo rimaneva in piedi in fondo alla stanza, appoggiato al muro, quello robusto si alzò e le tese la mano. Poi si risedette, e Chantal prese posto in una poltrona di fronte a lui. Tirò fuori le due lettere, quella di Jean-Marc e quella di C.D.B., le mise sul tavolo e cominciò a spiegare con aria imbarazzata quello che desiderava sapere. L'uomo la interruppe con un tono freddo e distaccato:

« Io posso fare un'analisi psicologica dell'uomo di cui lei conosce l'identità; ma è difficile fare l'analisi psicologica di una scrittura falsificata ».

« Non ho bisogno di un'analisi psicologica. La psicologia dell'uomo che ha scritto queste lettere (se davvero le ha scritte lui, come io credo) la conosco a sufficienza ».

« Quello che lei vuole, se ho ben capito, è avere la certezza che chi ha scritto questa lettera – il suo amante o suo marito – è la stessa persona che in quest'altra ha modificato la sua scrittura. Insomma, lei vuole smascherarlo ».

« Non è esattamente così... » disse Chantal, un po' imbarazzata.

« Non esattamente ma quasi. Solo che io, cara signora, sono un grafologo-psicologo, non faccio il detective privato, e nemmeno collaboro con la polizia ».

Nella piccola stanza calò il silenzio, un silenzio che nessuno dei due uomini sembrava disposto a rompere, perché nessuno dei due provava la minima compassione per lei.

Chantal sentì salirle dentro un'ondata di calore, un'ondata possente, selvaggia, inarrestabile, e in un attimo diventò tutta rossa, dalla testa ai piedi: e ancora una volta le tornarono in mente le parole sul mantello rosso cardinale, giacché, in effetti, il suo corpo era in quel momento avvolto in un sontuoso mantello intessuto di fiamme.

« Ha sbagliato indirizzo » proseguì l'uomo. « In questo studio non si pratica la delazione ».

Come Chantal udì la parola « delazione », il suo mantello di fiamme divenne un mantello di vergogna. Si alzò e fece per riprendersi le lettere. Ma prima che vi riuscisse, il giovane che le aveva aperto la porta passò dietro al tavolo e, stando in piedi alle spalle di quello robusto, guardò attentamente le due grafie; poi esclamò: « Ma certo che si tratta della stessa persona! ». Quindi, rivolto a Chantal: « Guardi questa *t*, e anche questa *g*! ».

Di colpo lo riconosce: è il cameriere del bar del paesino normanno dove un giorno ha aspettato Jean-Marc. E non appena lo riconosce sente, dentro il suo corpo in fiamme, la propria voce carica di stupore: ma tutto questo non è vero! sto delirando, tutto questo non può essere vero!

Il giovane alzò la testa, la guardò (quasi volesse mostrarle il viso per farsi riconoscere meglio) e, con un sorriso mellifluo e sprezzante insieme, le disse: « Ma certo! È la stessa scrittura. L'ha soltanto ingrandita e inclinata un po' a sinistra ».

Chantal non vuole più ascoltare. La parola « delazione » ha avuto il sopravvento sulle altre. Si sente come una donna che denunci alla polizia l'uomo che ama adducendo come prova un capello trovato sul lenzuolo dove si è consumato l'adulterio. Alla fine, dopo aver recuperato le sue lettere, fa per andarsene. Il giovane ha ancora cambiato posto: adesso è accanto alla porta, e gliela sta aprendo. Chantal è a pochi passi da lui, e quella breve distanza le sembra infinita. È tutta rossa, scotta, è in un bagno di sudore. L'uomo che le sta davanti è di una giovinezza arrogante, e arrogante è lo sguardo che posa sul suo povero corpo. Il suo povero corpo! Sotto quello sguardo, come sotto un riflettore puntato, Chantal sente il suo corpo invecchiare a vista d'occhio, e a tutta velocità.

È come se si stesse ripetendo la situazione che ha vissuto al bar sulla spiaggia, allorché, con un sorriso ossequioso, lui le ha sbarrato la strada verso la porta, e lei ha temuto di non poter più uscire. Chantal si aspetta che lui le faccia lo stesso scherzo, ma quello rimane educatamente in piedi accanto alla porta dell'ufficio e la lascia passare; allora, con un passo incerto da vecchia, lei si avvia lungo il corridoio verso la porta d'ingresso (sentendo sulle spalle madide il peso dello sguardo di lui), e quando si ritrova finalmente sul pianerottolo ha l'impressione di essere sfuggita a un grande pericolo.

32

Quel giorno in cui camminavano insieme per strada senza dirsi nulla, passando in mezzo a gente sconosciuta, perché all'improvviso lei è arrossita? Era una cosa inspiegabile: Jean-Marc, sconcertato, non è riuscito a controllarsi: « Sei arrossita! Perché sei arrossita? ». Chantal non gli ha risposto, e Jean-Marc ha dovuto constatare con sgomento che le stava accadendo qualcosa di cui lui era totalmente all'oscuro.

Come se quell'episodio avesse reso più vivido il colore regale del libro d'oro del suo amore, le ha scritto allora la lettera sul mantello rosso cardinale. E ha realizzato così la più bella performance del suo ruolo di Cyrano: l'ha ammaliata. Era fiero della sua lettera, della sua opera di seduzione, ma provava una gelosia più forte che mai. Aveva creato un fantasma d'uomo e così facendo, senza volerlo, aveva sottoposto Chantal a un test per misurare la sua disponibilità a lasciarsi sedurre da un altro.

La sua gelosia era ben diversa da quella che aveva provato da giovane, quando l'immaginazione accendeva in lui tormentose fantasie erotiche; adesso era meno dolorosa, ma più distruttiva: a poco a poco trasformava una donna amata in un simulacro di donna amata. E dal momento che Chantal non aveva più ai suoi occhi un'identità ben definita, era come se Jean-Marc avesse perso il suo punto di riferimento in quel caos privo di valori che è il mondo. Di fronte a una Chantal transustanziata (o piuttosto desustanziata), si sentiva invadere da una strana, malinconica indifferenza. Non indifferenza nei riguardi di lei, ma indifferenza nei riguardi di tutto. Se Chantal è un simulacro, l'intera vita di Jean-Marc è un simulacro.

Alla fine, però, il suo amore ha avuto ragione della gelosia e dei dubbi. Era chino davanti all'armadio aperto, con gli occhi fissi sul mucchietto dei reggiseni, e a un tratto, senza sapere perché, si era sentito commosso. Commosso al pensiero del gesto con cui da sempre le donne nascondono una lettera sotto la biancheria, da quel gesto in virtù del quale la sua Chantal, unica e inimitabile, entrava a far parte della folta schiera delle sue consorelle. Lui non ha mai voluto sapere niente di quella parte della sua vita intima che non ha condiviso. Perché dovrebbe interessarsene ora, e addirittura esserne indignato?

Del resto, si domandò, che cos'è un segreto intimo? È forse ciò che racchiude quel che vi è di più misterioso, di più personale, di più peculiare in un essere umano? Sono forse i suoi segreti a fare di Chantal quell'essere unico che lui ama? No. È segreto quel che c'è di più quotidiano, di più banale, di più ripetitivo, di più comune a tutti: il corpo e i suoi bisogni, le sue malattie, le sue manie – la stitichezza, per esempio, o le mestruazioni. Se nascondiamo pudicamente tutte queste intimità non è perché esse siano strettamente personali, ma al contrario, per la loro assoluta, deprecabile impersonalità. Perché mai dovrebbe farle una colpa di appartenere al suo sesso, di assomigliare alle altre donne, di portare un reggiseno e, unitamente a quello, la psicologia del reggiseno? Come se lui non fosse a sua volta partecipe di una qualche imbecillità da sempre tipica del maschio! Escono tutti e due da quell'improvvisato laboratorio artigianale in cui i loro occhi sono stati sciupati mediante il movimento disarticolato delle palpebre, e nel loro ventre è stata installata una piccola officina maleodorante. Hanno tutti e due un corpo in cui ben poco spazio è riservato alla loro povera anima. E non dovrebbero perdonarselo? Non dovrebbero passar oltre le piccole miserie che nascondono in fondo ai cassetti? Allora provò per lei una compassione immensa e, per mettere la parola fine a quella storia, decise di scriverle un'ultima lettera.

33

Chino su un foglio di carta, Jean-Marc ripensa a ciò che il Cyrano che è stato (e che è tuttora, seppure per l'ultima volta) chiamava « l'albero delle possibilità ». L'albero delle possibilità: l'esistenza quale si mostra all'uomo che, pieno di stupore, è giunto alla soglia della sua vita adulta: un ricco fogliame pieno di api che ronzano. E gli sembra di capire perché Chantal non gli abbia mai mostrato le lettere: aveva voglia di ascoltare da sola il mormorio dell'albero, senza di lui, poiché lui, Jean-Marc, rappresenta l'abolizione di tutte le possibilità, la riduzione (e non importa che sia una riduzione felice) della sua vita a una sola possibilità. Non poteva parlargli delle lettere perché, con quel gesto di sincerità, avrebbe dichiarato apertamente (a se stessa e a lui) di non provare alcun interesse per le possibilità di cui le lettere contenevano la promessa, e di rinunciare in anticipo all'albero perduto che in esse lui le mostrava. Come potrebbe fargliene una colpa? È stato lui, in fin dei conti, che ha voluto indurla ad ascoltare il mormorio musicale delle fronde. E lei si è comportata come Jean-Marc desiderava. Gli ha obbedito.

Chino sul foglio, pensa: è necessario che le resti dentro l'eco di quel mormorio, anche se l'avventura delle lettere si conclude. E le scrive che imprevisti impegni di lavoro lo costringono a partire. Ma poi decide di mitigare quell'affermazione: « Ma si tratta davvero di una partenza imprevista o non ho piuttosto scritto quelle lettere proprio perché sapevo che non avrebbero avuto alcun seguito? Non è stata forse la certezza di dover partire a consentirmi di parlarti con assoluta sincerità? ».

Partire. Certo, è l'unica soluzione possibile, ma per andare dove? Jean-Marc riflette. E se non facesse alcun cenno alla destinazione? No, quell'aria di mistero sarebbe un po' troppo romantica. O scortesemente evasiva. È vero che la sua esistenza deve rimanere nell'ombra, ed è per questo che non può dichiarare le ragioni per cui è costretto a partire, giacché queste rivelerebbero l'identità immaginaria dello scrivente – per esempio la sua professione. Eppure, sarebbe più naturale dire dove è diretto. Una città francese? No. Non sarebbe una ragione sufficiente per interrompere una corrispondenza. Bisogna che vada lontano. New York? Messico? Giappone? Sarebbe poco credibile. Bisogna inventare una città straniera ma abbastanza vicina, banale. Londra! Ma certo: questa scelta gli sembra così logica, così naturale, che pensa con un sorriso: in effetti, non posso che andare a Londra. E subito si chiede: ma perché Londra mi sembra così naturale? Allora gli torna in mente l'uomo di

Londra sul quale lui e Chantal hanno scherzato tante volte, il dongiovanni che un giorno lontano aveva dato a Chantal il suo biglietto da visita. L'inglese che Jean-Marc ha soprannominato Britannico. Ma sì, può andare: a Londra, città di sogni lubrichi, l'ignoto adoratore andrà a confondersi in mezzo alla folla dei depravati, dei donnaioli, dei puttanieri, degli erotomani, dei pervertiti, dei viziosi; e là scomparirà per sempre.

E poi pensa: la parola Londra sarà come un modo di firmare la sua lettera, come una traccia appena percettibile delle sue conversazioni con Chantal. Jean-Marc ride silenziosamente di se stesso: se da un lato vuole restare in incognito, non identificabile, perché queste sono le regole del gioco, dall'altro, spinto da un desiderio opposto – del tutto ingiustificato e ingiustificabile, irrazionale, segreto, certamente stupido –, preferirebbe non rimanere completamente nell'ombra, lasciare un segno, nascondere da qualche parte una firma in codice in base alla quale un osservatore sconosciuto ed eccezionalmente lucido potrebbe identificarlo.

Scendendo le scale per andare a mettere la lettera nella cassetta, sentì delle voci acute. Arrivato giù, vide davanti ai citofoni una donna con tre bambini. Mentre si dirigeva verso le cassette della posta, allineate sulla parete di fronte, passò accanto a loro. Quando si voltò, si accorse che la donna stava premendo il pulsante su cui c'erano il suo nome e quello di Chantal.

« Cerca qualcuno? » chiese.

La donna disse un nome.

« Sono io! ».

L'altra fece un passo indietro e lo guardò con evidente ammirazione:

« È lei! Oh, come sono felice di conoscerla! Sono la cognata di Chantal! ».

34

Preso in contropiede, Jean-Marc non poté fare altro che invitarli a salire.

« Non vorrei disturbarla » disse la cognata quando furono entrati in casa.

« Non mi disturba affatto. Del resto, Chantal sarà qui da un momento all'altro ».

La cognata cominciò a parlare, gettando ogni tanto un'occhiata ai bambini, che se ne stavano tranquilli, intimiditi, quasi stupefatti.

« Mi fa piacere che Chantal li veda » disse poi, accarezzando la testa di uno di loro. « Non li conosce nemmeno. Sono nati dopo che lei se n'è andata. Le piacevano tanto i bambini. La nostra villa era piena di bambini. Suo marito era abbastanza odioso; non dovrei parlare così di mio fratello, ma si è risposato e non si è più fatto vedere ». Poi, ridendo: « In realtà, io ho sempre preferito Chantal a suo marito! ».

Fece di nuovo un passo indietro e squadrò Jean-Marc con uno sguardo ammirato e al tempo stesso provocante:

« Alla fin fine, ha fatto una buona scelta! Sono venuta a dirle che lei sarà il benvenuto da noi. Le sarei grata se venisse e ci restituisse così la nostra Chantal. La casa è pronta ad accoglierci quando vorrete. In qualunque momento ».

« La ringrazio ».

« Com'è alto! Mi piacciono gli uomini alti. Mio fratello è più basso di Chantal. Lei mi ha sempre dato l'impressione di essere sua madre. Lo chiamava "topolino mio" – si figuri, come fosse stato un bambino piccolo! Io mi immaginavo sempre » e qui scoppiò a ridere « che lo tenesse in braccio e lo cullasse mormorandogli "topolino mio, topolino mio"! ».

Accennò qualche passo di danza, con le braccia piegate come se reggesse un neonato, e ripeté: « Topolino mio, topolino mio! ». Continuò a danzare ancora per qualche istante, quasi a sollecitare un sorriso da parte di Jean-Marc. Lui, per darle soddisfazione, si sforzò di sorridere, e intanto pensava a Chantal in compagnia di un uomo che chiamava

« topolino mio ». La cognata continuava a parlare, e lui non riusciva a liberarsi di quell'immagine che lo faceva inorridire: l'immagine di Chantal che chiama un uomo (più basso di lei) « topolino mio ».

Dalla stanza vicina arrivò un rumore, e Jean-Marc si rese conto che i bambini non erano più con loro. Gli invasori avevano messo in atto una strategia davvero astuta: protetti dalla loro aria innocua, erano riusciti a infilarsi nella stanza di Chantal, dapprima silenziosi come una squadra di guastatori, poi, una volta che si erano chiusi la porta dietro le spalle, tracotanti come un esercito che muova alla conquista del territorio nemico.

Jean-Marc aveva un'aria preoccupata, ma la cognata lo rassicurò: « Non è niente. Sono bambini. Giocano ».

« Certo, » disse Jean-Marc « lo sento che giocano », e si diresse verso la stanza da cui proveniva il baccano. La cognata fu più veloce di lui, e aprì lei la porta: i bambini avevano trasformato una sedia girevole in una giostra, uno di loro vi si era steso a pancia in giù e si era messo a girare mentre gli altri due lo osservavano gridando.

« Gliel'ho detto, stanno giocando » disse di nuovo la cognata richiudendo la porta. Poi, con un sorriso di complicità, aggiunse: « Che ci vuol fare, sono bambini. È un peccato che

Chantal non ci sia. Mi piacerebbe tanto che li vedesse ».

Il rumore che proveniva dalla stanza accanto stava tramutandosi in frastuono, e di colpo Jean-Marc non ebbe più nessuna voglia di calmare i bambini. Si vede davanti una Chantal intenta a cullare fra le braccia, in quella baraonda familiare, un ometto che chiama « topolino mio ». A questa immagine se ne sovrappone un'altra: quella di Chantal che conserva gelosamente le lettere di un ammiratore sconosciuto per non soffocare sul nascere una promessa di avventure. Questa Chantal non assomiglia a se stessa; questa Chantal non è la donna che lui ama; questa Chantal è un simulacro. Si sente pervadere da uno strano desiderio di distruzione e si rallegra della cagnara che stanno facendo i bambini. Vorrebbe che demolissero la stanza, che demolissero tutto quel piccolo mondo che lui amava e che è ormai diventato un simulacro.

« Mio fratello » continuava intanto la cognata « era troppo mingherlino per Chantal, lei mi capisce, mingherlino... » qui si mise a ridere « ... in tutti i sensi della parola. Lei mi capisce... mi capisce! ». Di nuovo si mise a ridere: « Anzi, posso darle un consiglio? ».

« Se ci tiene ».

« Un consiglio molto intimo! ».

Accostò la bocca all'orecchio di Jean-Marc e

gli disse qualcosa, ma le sue labbra, a contatto con l'orecchio, fecero un rumore che rese incomprensibili le sue parole.

« Eh? Che ne dice? » chiese ridendo, dopo essersi scostata.

Lui non aveva capito niente, ma rise lo stesso.

« Divertente, no? » disse la cognata, e aggiunse: « Di cose come queste potrei raccontargliene un sacco. Sa, non avevamo segreti l'una per l'altra. Se lei ha qualche problema con Chantal me lo dica, posso darle degli ottimi consigli! ». E, continuando a ridere: « So io cosa ci vuole per domarla! ».

E Jean-Marc pensa: Chantal ha sempre parlato della famiglia di suo marito con ostilità. Com'è possibile che la cognata manifesti una simpatia così sincera nei suoi confronti? Chantal ha sempre detto che li detestava: ma in che senso? Come si può detestare e al tempo stesso adattarsi così facilmente a ciò che si detesta?

Nella stanza accanto i bambini erano più che mai scatenati, e la cognata, abbozzando un gesto in quella direzione, sorrise:

« Vedo che la cosa non le dà fastidio. Lei è come me. Sa, io non sono una donna molto ordinata, mi piace che attorno a me ci sia movimento, animazione, musica – insomma, mi piace che ci sia vita! ».

I pensieri di Jean-Marc, cui fanno da sottofondo gli urli dei bambini, vanno avanti: ma è davvero così ammirevole la facilità con la quale Chantal è capace di adattarsi a ciò che detesta? È davvero una conquista avere due volti? Gli era sempre piaciuto che lei fosse, nel mondo della pubblicità, una sorta di intruso, di spia, di infiltrato, di potenziale terrorista. Ma Chantal non è un terrorista, anzi, per restare nell'ambito della terminologia politica, è piuttosto simile a un collaborazionista, a uno che si mette al servizio di un potere odioso senza identificarsi con esso, a uno che, pur prendendo le distanze da questo potere, lo asseconda, e che un giorno, davanti ai giudici, addurrà a propria discolpa il fatto di aver avuto due volti.

35

Chantal si fermò sulla soglia con aria interdetta, e ci restò per quasi un minuto senza che né Jean-Marc né la cognata si accorgessero di lei. Sentiva, per la prima volta dopo tanto tempo, quella voce squillante:

« ... Lei è come me. Sa, io non sono una donna molto ordinata, mi piace che attorno a me ci sia movimento, animazione, musica – insomma, mi piace che ci sia vita! ».

Alla fine lo sguardo della cognata si posò su di lei: « Chantal! » esclamò. « Che bella sorpresa, vero? », e si precipitò ad abbracciarla e baciarla. Chantal sentì all'angolo delle proprie labbra la bocca umida della cognata.

L'imbarazzo provocato dall'apparizione di Chantal fu ben presto interrotto dall'irruzione di una bambina.

« Questa è la nostra piccola Corinne » annunciò la cognata a Chantal; poi, rivolgendosi alla bimba: « Saluta la zia »; quella però, senza neanche degnare Chantal di uno sguardo, dichiarò che voleva far pipì. Al che la madre, senza un attimo di esitazione, come se conoscesse perfettamente la casa, la prese per mano e si infilò con lei nel corridoio, scomparendo poi nel bagno.

« Mio Dio, » mormorò Chantal approfittando della sua assenza « come diavolo hanno fatto a scovarci? ».

Jean-Marc alzò le spalle. Dal momento che la cognata aveva lasciato aperta sia la porta del corridoio sia quella del bagno, non potevano dirsi granché. Sentivano l'urina che cadeva nell'acqua del water, e insieme la voce della cognata che li ragguagliava sulle vicende della famiglia e di tanto in tanto apostrofava la bimba intenta a far pipì.

Chantal si ricorda: un giorno, mentre era in vacanza nella villa, si era chiusa a chiave nel bagno; all'improvviso qualcuno girò la maniglia, ma lei, che non aveva nessuna voglia di fare conversazione attraverso la porta del bagno, non rispose. All'altro capo della casa si sentì una voce che gridava per calmare l'impaziente: « C'è Chantal, in bagno! ». Malgrado l'informazione, però, l'impaziente girò ancora parecchie volte la maniglia come a voler protestare contro il mutismo di Chantal.

Al rumore dell'urina è subentrato quello dello sciacquone, e Chantal continua a pensare alla grande villa di cemento in cui tutti i suoni si diffondevano senza che si potesse stabilire da dove provenissero. Lei era abituata a sentire i gemiti della cognata durante il coito (la loro inutile sonorità equivaleva indiscutibilmente a una provocazione, non tanto erotica quanto morale: era il rifiuto ostentato di qualsivoglia segretezza); poi, un giorno che per l'ennesima volta le capitò di sentire quei gemiti, si rese conto, dopo un bel po', che all'altra estremità di quella casa sonora una nonna asmatica respirava a fatica emettendo dei lamenti.

La cognata tornò in salotto. « Vai, su! » disse a Corinne, che corse a raggiungere gli altri bambini nella stanza accanto. Poi si rivolse a Jean-Marc: « Io non rimprovero a Chantal di aver lasciato mio fratello. Anzi, forse avrebbe dovuto lasciarlo anche prima. Quello che le rimprovero è di averci dimenticati». Così dicendo si voltò verso Chantal: «Insomma, Chantal, noi rappresentiamo una grande parte della tua vita! Non puoi rifiutarci, cancellarci – non puoi cambiare il tuo passato! Il tuo passato è quello che è. Non puoi negare di essere stata felice insieme a noi. Io sono venuta a dire al tuo nuovo compagno che entrambi siete i benvenuti a casa nostra!».

Chantal la ascoltava parlare e pensava che per troppo tempo aveva vissuto con quella gente senza manifestare in alcun modo la sua diversità, e quindi era (quasi) giusto che sua cognata si fosse sentita offesa dal fatto che, dopo il divorzio, lei avesse rotto ogni rapporto con loro. Perché durante gli anni del matrimonio era stata così gentile e remissiva? Non sarebbe stata neanche in grado di definire il suo atteggiamento di allora. Docilità? Ipocrisia? Indifferenza? Senso del dovere?

Quando suo figlio era ancora vivo, lei si era adattata senza problemi a quella vita di gruppo, sotto una sorveglianza costante; aveva sopportato la sporcizia che regnava ovunque, il nudismo quasi obbligatorio ai bordi della piscina, l'innocente promiscuità che le permetteva di sapere sempre, in virtù di tracce lievi ma nondimeno inconfutabili, chi era andato al gabinetto prima di lei. Le piaceva tutto questo? No, la riempiva di disgusto. Ma era un disgusto mite, silenzioso, non combattivo, rassegnato, quasi pacato, un tantino beffardo, mai ribelle. Se suo figlio non fosse morto, sarebbe andata avanti a vivere così fino alla fine dei suoi giorni.

Nella camera di Chantal il baccano stava aumentando. La cognata gridò: « Silenzio! », ma la sua voce, più ilare che arrabbiata, dava l'impressione di voler non tanto placare gli urli, quanto unirsi all'allegria generale.

Chantal perde la pazienza ed entra nella sua camera. I bambini si stanno arrampicando sulle poltrone, ma lei non li vede neanche. Guarda, come ipnotizzata, il suo armadio: per terra, davanti alla porta spalancata, sono sparsi reggiseni e mutandine, e lì in mezzo le sue lettere. Solo in un secondo momento si rende conto che la bambina più grande si è avvolta un reggiseno intorno al capo in modo tale che una delle coppe si erge sui suoi capelli come il berretto di un cosacco.

« Guardatela! » esclama la cognata ridendo, con un braccio amichevolmente appoggiato sulla spalla di Jean-Marc. « Guardate! Sembra un ballo in maschera! ».

Chantal vede le lettere gettate a terra e si sente salire il sangue alla testa. Solo un'ora fa è uscita dallo studio del grafologo, dove l'hanno trattata in modo sprezzante senza che lei, tradita dal proprio corpo in fiamme, riuscisse a difendersi. Adesso ne ha abbastanza di sentirsi in colpa: quelle lettere non rappresentano più per lei un ridicolo segreto di cui doversi vergognare – sono ormai il simbolo della falsità di Jean-Marc, della sua perfidia, del suo tradimento.

La cognata si rese conto della reazione glaciale di Chantal. Senza smettere di parlare e di ridere, si chinò verso la figlia, le tolse dal capo il reggiseno e si inginocchiò per terra a raccogliere la biancheria.

« No, ti prego, lascia stare » le disse Chantal in tono risoluto.

« Come vuoi tu, come vuoi tu. Volevo solo darti una mano ».

« Lo so » disse Chantal guardando la cognata, che aveva di nuovo appoggiato un braccio sulla spalla di Jean-Marc. Chantal ha l'impressione che stiano benissimo insieme, che formino una coppia perfetta, una coppia di sorveglianti, una coppia di spie. No, non ha alcuna intenzione di chiudere la porta dell'armadio; anzi, vuole lasciarla aperta come prova del saccheggio. Pensa: questa casa è mia, e ho un desiderio immenso di viverci da sola – di viverci trionfalmente, sovranamente sola. E lo dice a voce alta: « Questa casa è mia, e nessuno ha il diritto di aprire i miei armadi e di rovistare fra le mie cose intime. Nessuno. Ho detto: nessuno ».

Queste ultime parole erano indirizzate molto più a Jean-Marc che alla cognata, ma, per non lasciar trasparire nulla davanti all'intrusa, Chantal preferì rivolgersi esclusivamente a lei: « Ti prego di andartene ».

« Ma nessuno ha rovistato fra le tue cose intime » disse la cognata, sulla difensiva.

Per tutta risposta, Chantal indicò con un cenno del capo l'armadio aperto, la biancheria e le lettere sparse per terra.

« Dio mio ma sono bambini! Stavano giocando! » disse la cognata, mentre quelli, accorgendosi che tirava aria di burrasca, tacevano diplomaticamente, come sanno fare a quell'età.

« Ti prego » ripeté Chantal mostrandole la porta.

Uno dei bambini teneva in mano una mela che aveva preso da una fruttiera sul tavolo.

« Rimetti a posto la mela » gli disse Chantal.

« Ma è roba da non crederci! » gridò la cognata.

« Rimetti a posto la mela. Chi te l'ha data? ».

« Ma è roba da non crederci! Rifiutare una mela a un bambino! ».

Il bambino rimise la mela nella fruttiera, la cognata lo prese per mano, gli altri due si unirono a loro, e tutti insieme se ne andarono.

36

Adesso che è sola con Jean-Marc, non vede alcuna differenza tra lui e quelli che sono appena andati via.

« Mi ero quasi dimenticata » dice « che ho comprato questa casa, tanti anni fa, per essere finalmente libera, per non essere spiata, per poter mettere la mia roba dove volevo con la certezza che sarebbe rimasta dove l'avevo messa ».

« Ti ho già detto più volte che il mio posto è accanto a quel mendicante e non accanto a te. Io vivo ai margini del mondo. Tu invece ti sei piazzata al centro ».

« Una emarginazione di lusso, la tua, e che non ti costa niente! ».

« Io sono pronto a rinunciare in qualunque momento alla mia emarginazione di lusso. Ma tu non rinuncerai mai a quella roccaforte del conformismo in cui ti sei installata con i tuoi molteplici volti ».

37

Solo un istante prima Jean-Marc aveva intenzione di chiarire ogni cosa, di confessare l'inganno; ma le poche battute che si sono appena scambiati hanno reso impossibile qualsiasi forma di dialogo. Non ha più niente da dire, perché è vero che quella casa appartiene a lei; lui ha deciso, così ha detto Chantal, di vivere in una emarginazione di lusso che non gli costa niente, e anche questo è vero: lui guadagna un quinto di quanto guadagna lei, e la loro relazione è sempre stata fondata sul tacito accordo che di quella disparità non avrebbero parlato mai.

Stavano in piedi, l'uno di fronte all'altro, separati solo da un tavolo. Chantal prese dalla borsa una busta, la strappò e aprì la lettera che essa conteneva: era quella che Jean-Marc le aveva scritto solo un'ora prima. Non tentò minimamente di nascondersi, ma anzi lo fece con evidente ostentazione. Poi, senza scomporsi, lesse davanti a lui la lettera che avrebbe dovuto tenere segreta. Infine la rimise nella borsa, posò su Jean-Marc uno sguardo breve e quasi indifferente, e senza dire una sola parola se ne andò in camera sua.

Jean-Marc ripensa a quello che lei ha detto: « Nessuno ha il diritto di rovistare fra le mie cose intime ». Dunque Chantal ha capito, chissà come, che lui è al corrente di quelle lettere e di dove sono nascoste. Vuole dimostrargli che lo sa e che se ne infischia. Che è decisa a vivere come più le aggrada e senza curarsi di lui. Che d'ora in poi non si farà scrupolo di leggere le sue lettere d'amore davanti a lui. Con quella sua indifferenza precorre l'assenza di Jean-Marc. Per lei, Jean-Marc non c'è già più. Lo ha già buttato fuori.

Chantal restò a lungo in camera sua. Lui poteva udire la voce rabbiosa dell'aspirapolvere che metteva ordine nella baraonda provocata dagli intrusi. Poi la sentì andare in cucina. Dieci minuti dopo, lo chiamò. Aveva preparato una piccola cena fredda. Per la prima volta nel corso della loro vita comune, mangiarono, seduti uno di fronte all'altro, senza pronunciare una sola parola, masticando in gran fretta un cibo di cui non sentivano neppure il sapore. Poi Chantal si chiuse di nuovo in camera sua. Non sapendo che fare (incapace di fare alcunché), Jean-Marc si infilò il pigiama e si coricò nel grande letto in cui di solito dormivano insieme. Ma quella sera lei non si decideva a uscire dalla sua stanza. Il tempo passava e lui non riusciva a prender sonno. Alla fine si alzò e andò a incollare l'orecchio alla porta. Udì un respiro regolare. Quel sonno tranquillo e la facilità con cui lei si era addormentata lo torturavano. Rimase così a lungo, con l'orecchio attaccato alla porta, pensando che Chantal era molto meno vulnerabile di quanto lui non avesse creduto. E che forse si era sbagliato quando aveva ritenuto che, fra loro due, lei fosse la più debole, e lui il più forte.

In effetti, chi è il più forte? Finché sono rimasti entrambi sul terreno dell'amore, forse lo era davvero lui. Ma ora che il terreno dell'amore è venuto a mancar loro sotto i piedi, è lei a essere forte, e lui debole.

38

Contrariamente a quel che pensava Jean-Marc, Chantal, nel suo lettino stretto, non ha dormito poi così bene: il suo è stato un sonno ripetutamente interrotto e pieno di sogni sgradevoli e sconnessi, assurdi, insignificanti e penosamente erotici. Ogni qualvolta si sveglia dopo sogni del genere, Chantal prova una sorta di imbarazzo. Eccolo qua, pensa, uno dei segreti della vita delle donne, di ogni donna: questa promiscuità notturna che getta un sospetto su tutte le loro promesse di fedeltà, sulla loro purezza e innocenza. Nel nostro secolo non ci si formalizza, ma a Chantal piace immaginarsi la principessa di Clèves, o la casta Virginia di Bernardin de Saint-Pierre, o santa Teresa d'Ávila, o Madre Teresa di Calcutta, sempre intenta a correre in giro per il mondo a fare opere di carità, le piace immaginarsele nell'atto di riemergere dalle loro notti come da una cloaca di vizi inconfessabili, improbabili, grotteschi, per riacquistare, di giorno, le loro sembianze di vergini virtuose. Così è stata la sua notte: si è svegliata più volte, e sempre dopo strane orge in compagnia di uomini che non conosceva e che le facevano orrore.

La mattina presto, non volendo più ripiombare in quei torbidi piaceri, si vestì e mise in una valigetta gli effetti personali indispensabili per un breve viaggio. Appena pronta, vide Jean-Marc affacciarsi in pigiama alla porta della sua stanza.

« Dove vai? » le chiese.

« A Londra ».

« Come? A Londra? E perché proprio a Londra? ».

Lei rispose molto pacatamente: « Lo sai benissimo, perché proprio a Londra ». Jean-Marc arrossì.

Lei ripeté: « Lo sai benissimo, vero? », e lo guardò in faccia. Che trionfo, per lei, vedere che questa volta era lui a essere tutto rosso!

Con il viso paonazzo, Jean-Marc disse: « No, non lo so perché proprio a Londra ».

Chantal continuava a guardarlo, godendo di quel rossore.

« Abbiamo un convegno a Londra » disse lei. « L'ho saputo solo ieri sera. Perciò, non ho avuto né l'occasione né la voglia di parlartene ».

Era sicura che Jean-Marc non le avrebbe

creduto e si compiaceva di quella bugia così palese, così spudorata, così arrogante, così ostile.

« Ho chiamato un taxi. Adesso scendo. Sarà qui da un momento all'altro ».

Gli rivolse un sorriso che poteva essere un arrivederci ma anche un addio, poi, all'ultimo momento, quasi involontariamente, come se quel gesto le fosse sfuggito, posò la mano destra sulla guancia di Jean-Marc: fu un gesto breve, che durò pochi secondi. Poi si voltò e uscì.

39

Jean-Marc sente sulla guancia il contatto della sua mano, più esattamente della punta di tre dita, e prova una sensazione di freddo, come l'avesse sfiorato una rana. Le carezze di Chantal sono sempre state lente, pacate, e a lui sembrava che volessero dilatare il tempo. Quelle tre dita posate fuggevolmente sulla sua guancia, invece, non erano una carezza ma un richiamo. Come se colei che sta per essere trascinata via da un'onda, o da una tempesta, avesse a disposizione quell'unico gesto fugace per dire: « Eppure sono stata qui! Sono passata di qui! Qualunque cosa accada, non dimenticarmi! ».

Jean-Marc si veste con gesti meccanici e pensa a quello che si sono detti a proposito di Londra. « Perché proprio a Londra? » ha chiesto lui, e lei ha risposto: « Lo sai benissimo, perché proprio a Londra ». Era una chiara allusione alla partenza annunciata nell'ultima lettera. Quel « lo sai benissimo » voleva dire: tu conosci la lettera. Ma quella lettera, che Chantal aveva appena preso dalla cassetta, non poteva essere nota se non a chi l'aveva spedita, oltre che a lei. In altre parole, Chantal ha strappato la maschera al povero Cyrano e ha voluto dirgli: sei tu che mi hai invitata a Londra, dunque ti obbedisco.

Ma se ha indovinato (gran Dio, come ha fatto a indovinare?) che è stato lui a scrivere le lettere, perché l'ha presa così male? Perché è così crudele? Se ha intuito tutto, perché non ha intuito anche le ragioni del suo inganno? Di che cosa lo sospetta? Dietro queste domande, vi è una sola certezza: lui non la capisce. E nemmeno lei, del resto, ha capito nulla. I loro pensieri hanno preso direzioni opposte, e Jean-Marc ha la sensazione che non si incontreranno più.

Il dolore che prova non chiede di essere lenito, anzi, aspira a esacerbare la piaga e ad ostentarla come si ostenta, agli occhi del mondo, un'ingiustizia. Jean-Marc non ha la pazienza di aspettare il ritorno di Chantal per spiegarle il malinteso. Nel suo intimo sa bene che questo sarebbe il solo comportamento ragionevole, ma il dolore non intende prestare ascolto alla ragione, perché il dolore ha una sua propria ragione che non è ragionevole. E l'irragionevole ragione del dolore vuole che al suo ritorno Chantal trovi la casa vuota, senza di lui, così come ha dichiarato di volerla per poterci vivere da sola e senza sentirsi spiata. Si mette in tasca una manciata di banconote, tutto il denaro che possiede, poi ha un attimo di esitazione: deve prendere le chiavi o no? Alla fine le lascia sul tavolino dell'ingresso. Quando le vedrà, Chantal capirà che lui non tornerà più. Qui non resterà niente a ricordarle Jean-Marc, tranne qualche camicia e un paio di giacche appese nell'armadio, nonché alcuni libri nella biblioteca.

Se ne va senza sapere che cosa farà. L'importante è lasciare quella casa che non è più casa sua. Lasciarla prima ancora di aver deciso dove andrà. Solo quando sarà in strada si concederà di pensarci. Ma, una volta scese le scale, prova la strana sensazione di essere al di fuori della realtà, ed è costretto a fermarsi sul marciapiede per poter riflettere. Dove andare? Gli vengono in mente varie possibilità: nel Périgord, dove abita una parte della sua famiglia, rimasta legata alla terra, che lo accoglie sempre con piacere; o in un qualunque alberghetto di Parigi, purché sia a buon mercato. Mentre ci sta pensando, vede un taxi fermarsi al semaforo e gli fa un cenno.

40

Giù in strada non c'era ad aspettarla nessun taxi, naturalmente, e Chantal non aveva la minima idea di dove andare. La sua è stata una decisione del tutto estemporanea, provocata dal turbamento che era incapace di dominare. Adesso desidera una cosa soltanto: non vederlo per almeno un giorno e una notte. Ha pensato di rimanere a Parigi e di prendere una camera d'albergo, ma un attimo dopo l'idea le è parsa sciocca: che cosa farebbe per tutta la giornata? Andare in giro a respirare il puzzo delle strade? Restarsene chiusa in camera? A fare che? Forse potrebbe prendere la macchina e andarsene in campagna, girare a casaccio, alla ricerca di un posto tranquillo dove trascorrere un paio di giorni – ma dove?

Senza quasi accorgersene, si ritrovò a una fermata d'autobus. Decise di salire sul primo che fosse arrivato e di lasciarsi portare fino al capolinea. Quando se ne fermò uno, Chantal vide con stupore che passava, fra l'altro, dalla Gare du Nord, la stazione da cui partono i treni per Londra.

Ha l'impressione di essere manovrata da una trama di coincidenze, e tenta di convincersi che una fata buona è venuta in suo aiuto. Se ha detto a Jean-Marc che andava a Londra, è stato solo per fargli capire che lo aveva smascherato. Ora però le viene un'idea: forse Jean-Marc ha preso sul serio la sua partenza per Londra, e può darsi che venga a cercarla alla stazione. A questa idea se ne aggiunge poi un'altra, più incerta, più flebile, come la voce di un uccellino minuscolo: se Jean-Marc verrà alla stazione, quell'assurdo malinteso avrà termine. Questa idea è come una carezza, anche se è una carezza di breve durata perché, un attimo dopo, Chantal prova nuovamente un moto di ribellione contro di lui e scaccia ogni forma di nostalgia.

Ma dove andrà, allora, che cosa farà? E se partisse davvero per Londra? Se facesse in modo che la sua bugia diventi realtà? Le viene in mente che nell'agendina ha ancora l'indirizzo di Britannico. Britannico: che età avrà, adesso? Chantal sa che un incontro con lui sarebbe la cosa più improbabile che possa accaderle. E con ciò? Meglio così. Arriverà a Londra, andrà un po' a spasso, prenderà una camera d'albergo e domani tornerà a Parigi.

Questa idea, però, non le piace poi tanto: lasciando casa sua era convinta di ritrovare la propria indipendenza, ma in realtà si sta facendo manipolare da una forza ignota e incontrollabile. Partire per Londra: una decisione assurda, che le è stata suggerita da una serie di circostanze del tutto incongrue. Perché mai pensare che una trama di coincidenze operi in suo favore? Perché immaginarsi di essere protetta da una fata buona? E se la fata fosse cattiva e cercasse di portarla alla rovina? Adesso ha deciso: quando l'autobus arriverà alla Gare du Nord, non si muoverà dal suo posto e continuerà per la sua strada.

E invece, quando l'autobus si ferma alla Gare du Nord, si accorge con stupore che sta scendendo; poi, come se venisse risucchiata dall'immenso atrio, si dirige verso la stazione.

Appena entrata, vede lo scalone di marmo che porta verso l'alto, verso la sala d'attesa riservata ai passeggeri in partenza per Londra. Vorrebbe dare un'occhiata all'orario, ma prima di riuscirci sente pronunciare il suo nome in mezzo a scoppi di risa. Si ferma, e vede i suoi colleghi raggruppati ai piedi dello scalone. Quando capiscono di essere stati scoperti, le loro risate diventano ancora più sonore. Sembrano degli scolaretti tutti contenti di aver inscenato un bello scherzo, una magnifica burla.

«Adesso sappiamo che cosa bisogna fare per convincerti a venire con noi! Se tu avessi saputo che eravamo tutti qui, avresti come al solito inventato una scusa! Che razza di individualista! ». E di nuovo scoppiano a ridere.

Che Leroy stesse organizzando un convegno a Londra, Chantal lo sapeva, ma sapeva anche che avrebbe avuto luogo solo tre settimane più tardi. Com'è possibile che siano qui oggi? Ancora una volta, Chantal ha la strana sensazione che quanto sta accadendo non sia vero, non possa essere vero. La cosa la stupisce, ma ancora di più la stupisce il fatto che, contrariamente a quanto avrebbe potuto supporre, è sinceramente felice della loro presenza, è grata ai suoi colleghi per averle fatto questa sorpresa.

Mentre salgono lo scalone, una ragazza dell'agenzia la prende sottobraccio, e Chantal pensa che Jean-Marc non ha fatto altro che continuare a tenerla lontana da quella che era destinata a essere la sua vita. Le sembra di sentirlo dire: « Tu ti sei piazzata al centro del mondo ». E ancora: « Ti sei installata nella roccaforte del conformismo ». Adesso lei gli risponde: è vero, e non sarai certo tu a impedirmi di restarci!

Sempre tenendola sottobraccio, la giovane collega la trascina, in mezzo alla folla dei viaggiatori, verso il posto di polizia situato davanti a un'altra scala da cui si accede ai binari. Come ubriaca, Chantal prosegue la sua muta discussione con Jean-Marc: quale giudice ha mai stabilito che il conformismo è un male e l'anticonformismo un bene? Conformarsi non vuol forse dire avvicinarsi agli altri? E cos'altro è il conformismo se non l'ampio spazio comune verso cui tutti convergono, e in cui la vita è più intensa, più fervida che altrove?

Dall'alto della scala vede il treno per Londra, moderno ed elegante, e pensa ancora: non so se l'essere nata su questa terra sia una fortuna o una sfortuna, ma certo il modo migliore di passarci la vita è quello di lasciarsi trascinare, come sto facendo adesso, da una folla rumorosa e spensierata.

41

Appena salito sul taxi, Jean-Marc ha detto: « Gare du Nord! », ed è stato quello il momento della verità: perché lui può anche andar via di casa, gettare le chiavi nella Senna e dormire sotto un ponte, ma non ha la forza di staccarsi da lei. Andare a cercarla alla stazione è un gesto disperato, ma il treno per Londra è il solo indizio, sia pur molto labile, che Chantal gli abbia fornito, e lui non se la sente di trascurarlo, per quanto remota sia la probabilità che possa condurlo sulla buona strada.

Quando arrivò alla stazione, il treno per

Londra era già pronto sui binari. Jean-Marc salì lo scalone facendo i gradini a quattro a quattro, comprò il biglietto e arrivò appena in tempo. La maggior parte dei viaggiatori era già salita sul treno, e il marciapiede era strettamente sorvegliato dalla polizia: per tutta la lunghezza del convoglio c'erano agenti che andavano avanti e indietro tenendo al guinzaglio dei pastori tedeschi addestrati a fiutare la presenza di esplosivi. Jean-Marc salì su un vagone pieno di giapponesi con macchine fotografiche appese al collo, trovò il suo posto e si sedette.

In quel preciso momento gli saltò agli occhi l'assurdità di quel che stava facendo. Molto probabilmente colei che cerca non è su quel treno. Fra tre ore lui arriverà a Londra, senza sapere che cosa ci è andato a fare; e ha giusto di che pagarsi il viaggio di ritorno. Si alzò in piedi, smarrito, e scese dal treno con la vaga tentazione di tornarsene a casa. Ma come avrebbe fatto a entrarci senza le chiavi? Le aveva lasciate sul tavolino dell'ingresso. Ora che ha ritrovato la sua lucidità, sa che quel gesto era solo una mediocre sceneggiata sentimentale che ha recitato a se stesso: la portiera ha una copia della chiave, e non avrebbe alcuna difficoltà a dargliela. Ancora indeciso, guardò in fondo al marciapiede e vide che tutte le uscite erano sbarrate. Fermò un poliziotto e gli chiese come fare per uscire di là; quello gli spiegò che non era più possibile: per ragioni di sicurezza, quando un passeggero è salito su quel treno non può più scendere; la sua presenza è la garanzia vivente del fatto che non ci abbia messo una bomba. Tutti i terroristi, islamici o irlandesi che siano, non sognano altro che un bel massacro nel tunnel sotto la Manica.

Risalì sul treno, un controllore donna gli sorrise, tutto il personale gli sorrise, e lui pensò: allora è così, con sorrisi sempre più frequenti e accattivanti, che accompagnano questo razzo lanciato nel tunnel della morte, questo razzo in cui i guerrieri della noia – turisti americani, tedeschi, spagnoli, coreani – sono pronti a rischiare la vita per la loro nobile causa. Si sedette al suo posto, ma appena il treno si mosse si alzò per andare in cerca di Chantal.

Entrò in un vagone di prima classe. Su un lato del corridoio c'era una sola fila di poltrone, sull'altro ce n'erano due; nella parte centrale del vagone, le poltrone erano disposte l'una di fronte all'altra, e i viaggiatori che le occupavano stavano conversando rumorosamente. Fra loro c'era Chantal. Jean-Marc la vedeva di spalle: riconobbe la forma della sua testa, che gli faceva una tenerezza infinita e che trovava un po' buffa, con quel suo chignon fuori moda. Era seduta accanto al finestrino e partecipava a un'animata discussione. Gli altri dovevano essere i suoi colleghi dell'agenzia: allora non aveva mentito? Ebbene no: per quanto inverosimile potesse sembrare, non aveva mentito.

Jean-Marc rimase immobile in fondo al vagone; sentì delle risate, e riconobbe fra tutte quella di Chantal. Era allegra, dunque. Sì, era allegra, e questo gli faceva male. Osservava i suoi gesti, pieni di una vivacità a lui ignota. Non riusciva a udire quello che stava dicendo, ma vedeva la sua mano alzarsi energicamente e poi ricadere: una mano che lui non riconobbe, la mano di un'altra. Non che si sentisse tradito; era una cosa diversa: gli sembrava che per lui Chantal non esistesse più, che se ne fosse andata altrove, in un'altra vita – dove, se l'avesse incontrata, non l'avrebbe riconosciuta.

42

Con un tono combattivo, Chantal disse:

« Ma com'è possibile che un trotskista sia diventato credente? Vi sembra logico? ».

« Mia cara, lei conosce senz'altro la celebre formula di Marx: cambiare il mondo ».

« Certo ».

Chantal era seduta di fronte alla più anziana

delle sue colleghe, una distinta signora con le dita cariche di anelli. Leroy, che aveva preso posto accanto a quest'ultima, continuò:

« Il nostro secolo ci ha fatto capire un'immensa verità: l'uomo non è in grado di cambiare il mondo e non lo cambierà mai. È stata questa la conclusione fondamentale a cui sono giunto al termine della mia esperienza di rivoluzionario. Conclusione, del resto, accettata facilmente da tutti. Ma ce n'è un'altra che va ben oltre, ed è di ordine teologico: io penso che l'uomo non abbia il diritto di cambiare ciò che Dio ha creato. E questo divieto va portato alle sue estreme conseguenze ».

Chantal lo guardava incantata: stavolta Leroy non saliva in cattedra, ma faceva della provocazione. Ed è proprio questo che le piace: il tono deciso dell'uomo i cui atti sono sempre provocatori, sempre ispirati alla sacra tradizione dei rivoluzionari e delle avanguardie; e che non trascura mai di « épater le bourgeois », anche quando enuncia le verità più convenzionali. D'altra parte, le verità più provocatorie (« a morte i borghesi! ») non diventano forse le più ufficiali una volta che siano arrivate al potere? La convenzione può, in qualunque momento, diventare provocazione, e viceversa. Quello che conta è la volontà di portare ogni atteggiamento fino alle estreme conseguenze. Chantal si immagina Leroy nel

1968, durante le burrascose assemblee del movimento studentesco, intento a snocciolare in quel suo modo intelligente, razionale e deciso, le massime contro le quali ogni tentativo di opposizione in nome del buon senso era condannato al fallimento: la borghesia non ha diritto a vivere; l'arte che la classe operaia non capisce deve scomparire; la scienza che si mette al servizio degli interessi della borghesia è priva di valore, e quelli che la insegnano devono essere cacciati dall'università; non c'è libertà per i nemici della libertà. Più assurda era la frase che pronunciava, più lui ne andava fiero, poiché solo una grandissima intelligenza è capace di conferire un senso logico alle idee insensate.

« D'accordo, » rispose Chantal « anch'io penso che tutti i cambiamenti siano nefasti. Stando così le cose, sarebbe nostro dovere proteggere il mondo dai cambiamenti. Ma il mondo, purtroppo, non è capace di arrestare la folle corsa delle sue trasformazioni... ».

« ... delle quali, tuttavia, l'uomo non è che un semplice strumento » la interruppe Leroy. « L'invenzione di una locomotiva contiene in germe il progetto di un aereo, che a sua volta conduce ineluttabilmente al missile interplanetario. Questa logica è insita nelle cose stesse – in altre parole, fa parte del progetto divino. Potete anche sostituire l'intera umanità con un'altra diversa da questa, ma non riuscirete a bloccare la progressiva evoluzione che porta dal velocipede al missile. Di questa evoluzione l'uomo non è l'autore, ma solo l'esecutore. E per giunta un modesto esecutore, poiché non conosce il senso di ciò che esegue. Questo senso non ci appartiene, appartiene solo a Dio, e noi siamo qui solo per obbedirgli affinché lui possa fare quello che vuole ».

Chantal chiuse gli occhi e assaporò dentro di sé la dolcezza della parola « promiscuità ». Anzi, articolò mentalmente l'espressione: « promiscuità delle idee ». Come potevano atteggiamenti così contraddittori succedersi in un'unica testa, come due diverse amanti nel letto dello stesso uomo? In passato le è accaduto di esserne indignata, mentre oggi tutto questo la incanta: perché sa che l'assoluto contrasto fra ciò che Leroy diceva un tempo e ciò che professa oggi non ha nessuna importanza. Perché tutte le idee si equivalgono. Perché tutte le affermazioni e le prese di posizione hanno uguale valore, possono strofinarsi l'una contro l'altra, incrociarsi, accarezzarsi, confondersi, palpeggiarsi, pomiciare, copulare.

Una voce mielata e leggermente tremula si levò dal sedile di fronte a Chantal:

« Ma allora, perché siamo su questa terra? Per che cosa viviamo? ».

Era la voce della distinta signora seduta accanto a Leroy, oggetto unico della sua adorazione. Ora Chantal immagina che Leroy sia costretto a scegliere fra due donne, l'una romantica e l'altra cinica, e sente la vocina supplichevole che, se da una parte non vuole rinunciare alle proprie certezze, le difende però (nella fantasia di Chantal) con la segreta speranza di vederle mortificate dal suo diabolico eroe. Il quale eroe, in questo momento, si volta verso di lei e dice:

« Per che cosa viviamo? Per procurare a Dio carne umana. La Bibbia infatti, mia cara signora, non ci chiede di cercare il senso della vita, ci chiede di riprodurci. Amatevi e riproducetevi. Capisce? Il senso di quell'"amatevi" è determinato da quel "riproducetevi". Di conseguenza, "amatevi" non indica affatto l'amore caritatevole, compassionevole, l'amore spirituale o passionale, ma significa semplicemente "fate l'amore!", "copulate!"... » qui addolcisce la voce e si china verso di lei « ... "scopate!" ». Docilmente, come fosse un discepolo devoto, la signora lo guarda negli occhi. « Il senso della vita umana consiste in questo, e soltanto in questo. Il resto sono stronzate ».

Il ragionamento di Leroy è tagliente come un rasoio, e Chantal è d'accordo con lui: l'amore inteso come esaltazione di due individui, come fedeltà e attaccamento appassionato a una sola persona, non esiste. E se esiste è solo come autopunizione, accecamento volontario, fuga in un monastero. Anche se esiste, pensa Chantal, l'amore non deve esistere. Questa idea non l'amareggia, anzi, suscita in lei una sorta di felicità che la pervade tutta. Le ritorna in mente la metafora della rosa e del profumo che abbraccia tutti gli uomini: per anni, pensa ancora, è vissuta in una reclusione d'amore, ma adesso è pronta ad adeguarsi al mito della rosa e a confondersi con il suo inebriante profumo. A questo punto delle sue riflessioni, si ricorda di Jean-Marc. Sarà rimasto a casa? Sarà andato via? Se lo chiede senza alcuna emozione: come se si chiedesse che tempo fa a Roma o a New York.

Eppure, per quanto indifferente le fosse diventato, il ricordo di Jean-Marc l'aveva costretta a voltare la testa. In fondo al vagone, vide di spalle un uomo che stava passando nel vagone successivo. In quell'uomo ebbe l'impressione di riconoscere Jean-Marc, e le sembrò che lui cercasse di sottrarsi al suo sguardo. Era davvero lui? Anziché cercare una risposta, guardò fuori dal finestrino: il paesaggio era sempre più squallido, i campi sempre più grigi, e le pianure trafitte da un numero sempre maggiore di piloni metallici, di costruzioni in cemento, di fili. La voce di un altoparlante annunciò che entro pochi secondi il treno sarebbe sceso al di sotto del mare. Un attimo dopo, infatti, Chantal vide un buco tondo e nero in cui, come fosse una serpe, il convoglio stava per infilarsi.

43

« Stiamo scendendo » disse la signora distinta, e la sua voce tradiva una timorosa eccitazione.

« ... nell'inferno » aggiunse Chantal, pensando che a Leroy sarebbe piaciuto che la signora in questione fosse ancora più sprovveduta, ancora più stupefatta, ancora più impaurita. In quel momento immaginava di essere la sua diabolica assistente, e la divertiva l'idea di condurre quella signora così distinta e pudibonda nel letto di lui, che la sua fantasia collocava non in un albergo londinese di lusso bensì su un palco, in mezzo a fiamme, fumo, gemiti e demòni.

Adesso dal finestrino non c'era più niente da vedere, il treno stava percorrendo il tunnel, e Chantal aveva l'impressione di allontanarsi dalla cognata, da Jean-Marc, da ogni sorveglianza, da ogni forma di spionaggio – di allontanarsi dalla propria vita, da quella vita di cui sentiva tutto il peso e che le si appiccicava addosso; all'improvviso le tornò alla mente l'espressione « perso di vista », e si stupì del fatto che il viaggio verso la sparizione non fosse malinconico, ma, posto com'era sotto l'egida della sua mitica rosa, fosse invece piacevole e allegro.

« Stiamo scendendo sempre di più » dice la signora ansiosa.

« Là dove si trova la verità » dice Chantal.

« Là » incalza Leroy « dove si trova la risposta alla sua domanda, mia cara signora, la sola che conti: per che cosa viviamo? che cosa è davvero essenziale nella vita? ». E la fissa dritto negli occhi: « L'essenziale, nella vita, è di perpetuare la vita: e dunque il parto, e ciò che lo precede, il coito, e ciò che precede il coito, la seduzione, ovverosia i baci, i capelli sciolti al vento, le mutandine, i reggiseni di buona fattura, e tutto quanto fa sì che la gente sia idonea al coito, cioè il mangiare (non l'alta cucina, cosa ormai superflua, che non interessa più a nessuno, ma la roba da mangiare che comprano tutti), e insieme al mangiare la defecazione – perché certo lei sa, mia cara signora, mia bella, adorabile signora, certo lei sa quanto spazio occupi nella nostra professione l'elogio della carta igienica e dei pannoloni. Carta igienica, pannoloni, detersivi, roba da mangiare. È questo il cerchio sacro dell'uomo, e la nostra missione non consiste solo nell'individuarlo, nel comprenderlo e nel delimitarlo, ma nell'abbellirlo, nel trasformarlo in canto. Grazie alla nostra opera, la carta igienica è ormai quasi esclusivamente rosa – un fatto altamente edificante, che le raccomando, mia cara e ansiosa signora, di meditare a fondo ».

« Ma è uno squallore, uno squallore, » disse la signora, e la sua voce vibrava di sofferenza, come se la stessero violentando « è lo squallore imbellettato! E noi siamo quelli che imbellettano lo squallore! ».

« Esattamente » disse Leroy. E Chantal avvertì in quell'« esattamente » il piacere che gli procurava la sofferenza della distinta signora.

« Ma allora dove sta la grandezza della vita? Se siamo condannati al cibo, al coito, alla carta igienica, chi siamo noi? E se solo di questo siamo capaci, che orgoglio può mai darci il fatto di essere, come ci fanno credere, individui liberi? ».

Chantal guardò la signora e pensò che era la vittima ideale di un'ammucchiata. La immaginò mentre la spogliavano e incatenavano il suo corpo sfiorito e distinto, e la costringevano a ripetere le sue ingenue verità intanto che gli altri, davanti a lei, copulavano e si esibivano...

Leroy interruppe le fantasie di Chantal:

« La libertà? Vivendo il proprio squallore, ciascuno può essere felice o infelice. La libertà consiste appunto in questa scelta. Ciascuno è libero di dissolvere la propria individualità nel pentolone della moltitudine provando o un senso di sconfitta o un senso di euforia. Quanto a noi, mia cara signora, abbiamo scelto l'euforia».

Chantal sentì che sul suo volto si delineava un sorriso. Registrò attentamente ciò che Leroy aveva appena detto: la sola libertà che abbiamo è di poter scegliere tra l'afflizione e il piacere. Consapevoli come siamo dell'insignificanza del tutto, non dobbiamo subirla come una tara, ma essere capaci di rallegrarcene. Guardava Leroy, il cui impassibile viso irradiava un'intelligenza affascinante e al tempo stesso perversa. Lo guardava con simpatia ma senza desiderio, e pensò (quasi che con un gesto della mano scacciasse la fantasticheria di poco prima) che da molto tempo quell'uomo aveva transustanziato tutta la sua energia virile nella forza di una logica tagliente, nell'autorità che esercitava sul suo staff. Immaginò il momento in cui sarebbero scesi dal treno: mentre Leroy avrebbe continuato a spaventare con i suoi discorsi la signora che lo adorava, lei si sarebbe discretamente appartata in una cabina telefonica – dopodiché avrebbe tagliato la corda.

44

I giapponesi, gli americani, gli spagnoli, i russi, tutti con le loro macchine fotografiche appese al collo, scendono dal treno, e Jean-Marc cerca di non perdere di vista Chantal. Ma improvvisamente la vasta fiumana si restringe, inghiottita da una scala mobile che sparisce sotto il marciapiede. Alla base della scala, nel grande atrio della stazione, arrivano di corsa alcuni uomini armati di telecamere e seguiti da una massa di curiosi che le sbarrano la strada. I passeggeri sono costretti a fermarsi. Tra la folla, qualcuno comincia ad applaudire e a gridare, mentre un gruppetto di bambini viene giù da una scala laterale: portano in testa caschi di diversi colori, come fossero una squadra di sportivi, sciatori o motociclisti in miniatura. Sono loro che gli uomini con le telecamere stanno riprendendo. Jean-Marc si alza sulla punta dei piedi per tentare di scorgere Chantal al di sopra delle teste. Alla fine ci riesce: è in una cabina telefonica dall'altra parte del gruppo di bambini, con il ricevitore all'orecchio, e sta parlando con qualcuno. Jean-Marc si sforza di aprirsi un varco tra la folla. Dà uno spintone a un cameraman, che, infuriato, gli molla un calcio. Jean-Marc risponde con una gomitata e l'uomo rischia di lasciar cadere la telecamera. Sopraggiunge un poliziotto, che intima a Jean-Marc di aspettare che la troupe abbia finito di girare. È a questo punto che, per qualche secondo, i suoi occhi incontrano quelli di Chantal che sta uscendo dalla cabina. Jean-Marc tenta ancora di farsi largo tra la folla, ma l'agente lo prende per un braccio e glielo torce con tanta forza che lui si piega in due dal dolore e perde di vista Chantal.

Solo quando l'ultimo bambino munito di casco è andato via il poliziotto molla la presa e Jean-Marc è libero di muoversi. Guarda verso la cabina telefonica, che adesso è vuota. Accanto a lui si è fermato un gruppo di francesi, nei quali riconosce i colleghi di Chantal.

« Dov'è Chantal? » domanda a una di loro, una ragazza.

« Se non lo sa lei! » risponde quella in tono di rimprovero. « Era così allegra! Ma quando siamo scesi dal treno è scomparsa! ».

Un'altra collega, una donna grande e grossa, gli si rivolge con aria seccata:

« L'ho vista, sa, in treno. Ho ben visto che ha fatto dei segni a Chantal, e così ha rovinato tutto ».

La voce di Leroy li interrompe: « Su, andiamo! ».

La ragazza domanda: « E Chantal? ».

« Conosce l'indirizzo ».

« Anche questo signore » interviene la signora distinta con le dita cariche di anelli « sta cercando Chantal ».

Jean-Marc sa benissimo che Leroy lo conosce di vista, e lo saluta.

Leroy ricambia il saluto e gli dice con un sorriso: « Ho visto come si è battuto: solo contro tutti ».

A Jean-Marc sembra di percepire nella sua voce una sfumatura di simpatia. Sconfortato com'è, gli fa l'effetto di una mano tesa che ha una gran voglia di accettare, di una scintilla che, per un istante, fa balenare davanti la promessa di un'amicizia – l'amicizia fra due uomini che, senza conoscersi, per il solo piacere di assecondare un'improvvisa simpatia, sono pronti ad aiutarsi l'un l'altro. Jean-Marc ha la sensazione di rivivere un vecchio, piacevole sogno.

Con aria speranzosa gli chiede: « Mi può dire il nome del vostro albergo? Vorrei telefonare per vedere se Chantal è andata lì ».

Leroy resta un attimo in silenzio, poi chiede: « Lei non gliel'ha detto? ».

« No ».

« Allora, mi dispiace » replica l'altro con gentilezza, quasi scusandosi « ma non posso dirglielo ».

La scintilla si spense di colpo e Jean-Marc sentì all'improvviso un dolore alla spalla, conseguenza dello scontro con il poliziotto. Uscì dalla stazione; si sentiva solo e non sapeva dove andare, così si mise a girare a casaccio.

Senza smettere di camminare, tira fuori i soldi dal portafoglio e li conta ancora una volta: ce n'è abbastanza per il viaggio di ritorno, ma non di più. Se si decide, potrà ripartire subito e arriverà a Parigi in serata. Sarebbe la soluzione più ragionevole, naturalmente. Che diavolo ci resta a fare, qui? Non ha niente da fare. Ma non può partire. Non potrà mai decidersi a partire. Non può lasciare Londra finché a Londra c'è Chantal.

Siccome però deve tenere da parte i soldi per il viaggio di ritorno, non può prendere una camera d'albergo, non può permettersi di mangiare neanche un panino. Dove andrà a dormire? A un tratto si rende conto che sta per trovare conferma ciò di cui tante volte ha parlato con Chantal: il fatto cioè che la sua vocazione più profonda è di essere un emarginato – un emarginato che ha conosciuto, certo, l'agiatezza, ma solo in virtù di circostanze del tutto eccezionali e transitorie. Ora, di punto in bianco, è tornato a essere quello che è, e viene rispedito nel mondo a cui appartiene: in mezzo ai poveri, che non hanno nemmeno un tetto dove trovar riparo alla loro solitudine forzata.

Si ricorda delle discussioni con Chantal e prova il bisogno infantile di averla davanti a sé solo per poterle dire: lo vedi che avevo ragione, che non era tutta scena, che sono veramente quel che sono, un emarginato, un senzatetto, un barbone?

45

Era calata la sera e l'aria si era rinfrescata. Jean-Marc prese una strada che da una parte era fiancheggiata da una fila di case, dall'altra si apriva su un parco cinto da una cancellata nera. Sul marciapiede che correva lungo il parco c'era una panchina di legno, e Jean-Marc vi si sedette. Era stanchissimo, e aveva voglia di tirar su le gambe e sdraiarsi. Pensò: è senz'altro così che si comincia. Un giorno uno si sdraia su una panchina e quando cade la notte ci si addormenta sopra. È così che un bel giorno si entra a far parte della schiera dei vagabondi.

Fu per questo che, con tutte le sue forze, cercò di dominare la stanchezza e rimase seduto ben eretto, come uno scolaro diligente davanti al suo banco. Alle sue spalle c'erano gli alberi del parco; di fronte, lungo il marciapiede opposto, una fila di case bianche tutte uguali, a due piani, con due colonne ai lati della porta d'ingresso e quattro finestre per piano. Jean-Marc scrutava attentamente ciascuno di coloro che passavano per quella strada poco frequentata. Era deciso a rimanere lì fino a che non avesse visto Chantal. Aspettare, non c'era altro che potesse fare per lei, per loro due.

All'improvviso, a una trentina di metri da lui, sulla destra, si accendono tutte insieme le luci di una grande casa, e all'interno qualcuno accosta delle tende rosse. Jean-Marc immagina che lì si tenga una festa a cui partecipano invitati di rango. È stupito, però, di non aver visto entrare nessuno: possibile che fossero tutti dentro già da un pezzo e che abbiano acceso le luci soltanto adesso? O forse si è addormentato senza rendersene conto e non li ha visti arrivare? Oddio, e se mentre dormiva è arrivata Chantal e lui non se n'è accorto? Di colpo viene folgorato da un'idea: che in quella casa si stia svolgendo una sordida ammucchiata. Risente le parole di Chantal: « Lo sai benissimo perché proprio Londra », e quel « lo sai benissimo » gli appare a un tratto sotto una luce del tutto diversa: Londra è la città dell'inglese, di Britannico – a lui Chantal ha telefonato dalla stazione, per lui ha piantato in asso Leroy, i suoi colleghi, tutti loro.

Jean-Marc si sente afferrare da una gelosia immensa e dolorosa: non la gelosia astratta, cerebrale, che ha provato quando, davanti all'armadio aperto, si chiedeva – in modo squisitamente teorico – se Chantal fosse davvero capace di tradirlo, ma la gelosia che aveva sperimentato da giovane, la gelosia che trafigge il corpo sino a provocargli un dolore insopportabile. Immagina Chantal nell'atto di concedersi ad altri uomini, obbediente e remissiva, e non può più resistere. Si alza e corre verso la casa. La porta d'ingresso, tutta bianca, è illuminata da una lanterna. Gira la maniglia, la porta si apre, lui entra, vede una scala con una passatoia rossa, sente di sopra un brusio di voci, sale al primo piano: il vasto pianerottolo è interamente occupato da un lungo attaccapanni a cui sono appesi dei cappotti, ma anche (ed è un altro colpo al cuore) dei vestiti da donna e alcune camicie da uomo. Furibondo, passa in mezzo a tutti quei vestiti e giunge davanti a una grande porta a due battenti, anch'essa bianca; ma proprio in quel momento sente una mano pesante abbattersi sulla spalla che gli duole. Si volta e si sente sul viso il fiato di un individuo muscoloso in maglietta, con le braccia tatuate: l'uomo gli sta parlando in inglese.

Jean-Marc si sforza di scrollarsi di dosso quella mano che gli fa sempre più male e lo spinge verso la scala. Qui, mentre tenta di resistere, perde l'equilibrio, e solo all'ultimo momento riesce ad aggrapparsi alla ringhiera. Sconfitto, comincia a scendere lentamente la scala. Il tipo tatuato lo segue e, quando Jean-

Marc si ferma esitante davanti alla porta, gli urla qualcosa in inglese e con il braccio teso gli ordina di uscire.

46

Da tempo l'immagine dell'ammucchiata compariva regolarmente nei sogni confusi di Chantal, nelle sue fantasticherie, perfino nelle sue conversazioni con Jean-Marc, il quale (un giorno ormai lontano) aveva finito per dirle: io ci starei pure a fare una cosa del genere insieme a te, ma a una condizione: che al momento dell'orgasmo ciascuno dei partecipanti si trasformi in un animale, chi in una pecora, chi in una mucca, chi in una capra, di modo che l'orgia dionisiaca diventi una pastorale, e noi due rimaniamo soli in mezzo alle bestie, come un pastore e una pastorella. (Questa fantasia idilliaca la divertiva non poco, con quei poveretti che si avviavano impazienti verso la casa del vizio, ignari del fatto che ne sarebbero usciti trasformati in vacche).

È attorniata da gente nuda, ed è questo il momento in cui agli umani preferirebbe le pecore. Non ha più voglia di vedere nessuno, e perciò chiude gli occhi: ma da dietro alle palpebre continua a vedere i loro membri che prima si rizzano e poi si afflosciano, e ora sono grossi, ora piccoli. Le fanno venire in mente un campo pieno di vermi che si drizzano, si curvano, si attorcigliano, ricadono a terra. Poi non vede più vermi, ma serpenti; è disgustata, e tuttavia ancora eccitata. Eppure quell'eccitazione non suscita in lei la voglia di fare di nuovo l'amore, anzi, più è eccitata e più prova disgusto per la propria eccitazione, che le fa capire come il suo corpo non appartenga a lei ma a quel campo fangoso, a quel campo pieno di vermi e di serpenti.

Apre gli occhi: dalla stanza accanto una donna avanza verso di lei; si ferma nel vano della porta spalancata e, quasi volesse strapparla a quei maschi imbecilli, a quel regno di vermi, avvolge Chantal in uno sguardo di seduzione. È alta, ha un corpo magnifico e un bel viso aureolato di capelli biondi. Nel momento in cui Chantal è sul punto di rispondere a quella muta proposta, la bionda arrotonda le labbra e ne fa uscire un po' di saliva. Chantal vede quella bocca come attraverso una formidabile lente di ingrandimento: la saliva è bianca e piena di bollicine d'aria, e la donna fa entrare e uscire dalla bocca quella schiuma di saliva come se volesse adescarla, come se volesse prometterle baci teneri e umidi in cui ciascuna si scioglierebbe nell'altra.

Chantal guarda la saliva che fuoriesce a poco a poco dalle labbra, che le imperla e tremola, e il suo disgusto diventa nausea. Si volta, nell'intento di scomparire senza farsi notare. Ma la bionda le arriva alle spalle e le afferra la mano. Chantal si divincola e fa qualche passo per scappare. Di nuovo la mano della bionda si posa sul suo corpo, e lei si mette a correre, e intanto sente il respiro affannoso della sua persecutrice, che di certo ha preso quella fuga per un gioco erotico. È in trappola: più si sforza di scappare più eccita la bionda, la quale per giunta le sguinzaglia dietro altri aguzzini che la inseguono come fosse una preda.

Si infila in un corridoio e sente dei passi dietro di sé. I corpi dei suoi inseguitori le ripugnano al punto che il suo disgusto si tramuta ben presto in terrore: si mette a correre per cercare scampo. Il corridoio è lungo, e in fondo c'è una porta aperta che dà accesso a un salottino col pavimento di piastrelle; in un angolo vede una porta, la apre e se la richiude alle spalle.

Nel buio, si appoggia al muro per riprendere fiato. Poi, tastando attorno alla porta, trova l'interruttore e accende la luce. È finita in un ripostiglio: c'è un aspirapolvere, delle scope, degli strofinacci. E per terra, sopra un mucchietto di stracci, sta accucciato un cane. Non sentendo più voci all'esterno, pensa: è arrivato il momento degli animali, sono salva. Poi, a voce alta, domanda al cane:

«Tu di quale di quegli uomini rappresenti la metamorfosi?».

Di colpo, si sente sconcertata da ciò che ha detto. Dio mio, si chiede, da dove mi è venuta l'idea che alla fine dell'ammucchiata si trasformino tutti in animali?

È strano: non si ricorda più da dove le sia venuta quell'idea. Cerca nella memoria, ma non vi trova nulla. Prova soltanto una sensazione di dolcezza che non evoca però alcun ricordo concreto, una sensazione enigmatica, inspiegabilmente gioiosa, come una salvezza venuta da lontano.

Bruscamente, violentemente, la porta si apre ed entra una donna nera, di bassa statura, con addosso un camice verde, che getta su di lei uno sguardo per nulla sorpreso, breve e carico di disprezzo. Chantal si scosta per consentirle di prendere il grosso aspirapolvere e di portarselo via. Così facendo, si è avvicinata al cane, che mostra i denti e ringhia. Di nuovo è afferrata dal terrore, ed esce dal ripostiglio.

47

Si ritrovò nel corridoio, con in testa un solo pensiero: cercare il pianerottolo dove, su una gruccia, erano appesi i suoi abiti. Ma tutte le porte di cui tentava di girare le maniglie erano chiuse a chiave. Alla fine, attraverso la grande porta aperta, entrò nel salotto, che le parve stranamente grande e vuoto: la nera in camice verde si era già messa al lavoro con il grosso aspirapolvere. Di tutta la compagnia della serata rimanevano solo alcuni signori che conversavano in piedi, a bassa voce. Erano vestiti, e non fecero assolutamente caso a Chantal, la quale, conscia della propria nudità che all'improvviso le apparve sconveniente, li osservava intimidita. Un altro signore, un uomo sulla settantina con un accappatoio bianco e delle pantofole, si accostò al gruppo e si unì alla conversazione.

Chantal si scervellava per scoprire da che parte fosse possibile uscire, ma in quell'atmosfera così mutata, in quella grande casa inaspettatamente vuota, la disposizione delle stanze le sembrava come trasfigurata, e lei non riusciva più a raccapezzarcisi. Vide che la porta della stanza adiacente al salotto, quella in cui la bionda con la saliva sulle labbra aveva tentato di sedurla, era spalancata, e la oltrepassò: la stanza era vuota. Si fermò e cercò una porta: non ce n'erano.

Tornò nel salotto e constatò che nel frattempo i signori di prima se n'erano andati. Perché non è stata più attenta? Avrebbe potuto seguirli! Era rimasto solo il settantenne con l'accappatoio. I loro sguardi si incontrarono e lei lo riconobbe; in un impeto di fiducia, andò verso di lui: « Le ho telefonato, se ne ricorda? Mi ha detto di venire, ma quando sono arrivata lei non c'era! ».

« Lo so, lo so, mi scusi, ma non partecipo più a questi giochi infantili » disse lui, in tono amabile ma senza prestarle attenzione. Andò verso le finestre e le aprì una dopo l'altra. Il salotto fu attraversato da una forte corrente d'aria.

« Sono così felice di trovare qualcuno che conosco » disse Chantal, tutta agitata.

« Bisogna mandar via questo fetore ».

« Mi dica come si fa ad arrivare al pianerottolo. Ci sono tutti i miei vestiti ».

« Abbia un po' di pazienza » disse lui e andò a prendere una sedia abbandonata in un angolo. « Si accomodi qui. Mi occuperò di lei appena avrò finito ».

Ha piazzato la sedia proprio al centro del salotto. Docilmente, Chantal vi si siede. Il settantenne si dirige verso la nera e sparisce insieme a lei nell'altra stanza. Adesso è da lì che si sente ronzare l'aspirapolvere; nonostante il rumore, Chantal riesce a udire la voce dell'uomo che impartisce degli ordini, poi sente dei colpi di martello. Un martello? pensa con stupore. Com'è possibile che ci sia qualcuno che lavora con un martello? Lei non ha visto nessuno! Dev'essere arrivato qualcuno: ma da dove è entrato?

La corrente solleva le tende rosse ai lati delle finestre. Nuda com'è, Chantal ha freddo. Sente di nuovo i colpi di martello e, piena di spavento, capisce: stanno inchiodando tutte le porte! Non uscirà mai più da quella casa! Di colpo ha la sensazione di essere minacciata da un grave pericolo. Si alza dalla sedia, fa tre o quattro passi, ma poi, non sapendo dove andare, si ferma. Vorrebbe chiamare aiuto. Ma chi può aiutarla? In quel momento di angoscia estrema, le appare davanti agli occhi l'immagine di un uomo che lotta contro la folla per giungere fino a lei. Qualcuno gli torce il braccio dietro la schiena. Lei non vede il suo volto, vede solo il corpo piegato in due. Oddio, vorrebbe ricordarsi di lui con maggior precisione, ricostruire i suoi lineamenti, ma non ci riesce: sa soltanto che è l'uomo che la ama, ed è la sola cosa che le importi, al momento. Lo ha visto in questa città, dunque non può essere lontano. Vuole ritrovarlo il più presto possibile. Ma come fare? Le porte sono inchiodate! Poi vede la tenda rossa che svolazza davanti a una finestra. Le finestre, certo! Sono aperte! Bisogna che vada vicino alla finestra! Bisogna che si affacci sulla strada e si metta a gridare! E se la finestra non è troppo alta, potrà anche saltare giù! Un altro colpo di martello. Un altro ancora. Adesso o mai più. Il tempo lavora contro di lei. È la sua ultima occasione per agire.

48

Jean-Marc tornò verso la panchina, quasi invisibile per via dell'oscurità che avvolgeva lo spazio compreso fra i due unici lampioni della strada, molto distanti fra loro.

Fece per sedersi e sentì un urlo. Sussultò: un uomo che nel frattempo si era sistemato sulla panchina inveì contro di lui. Se ne andò senza protestare. Ecco qua, pensò, questa è la mia nuova condizione: dovrò battermi anche solo per avere un angolo dove dormire.

Si fermò nel punto in cui, dall'altro lato della strada, giusto di fronte a lui, la lanterna appesa fra le due colonne illuminava la porta bianca della casa da cui era stato cacciato pochi minuti prima. Si sedette sul marciapiede con le spalle appoggiate alla cancellata che circondava il parco.

Fu allora che cominciò a cadere una pioggia

fine fine. Jean-Marc rialzò il bavero della giacca e si mise a osservare la casa.

All'improvviso, una dopo l'altra, le finestre si aprono. Le tende rosse, scostate di lato, svolazzano agitate dal vento, lasciandogli intravedere il soffitto bianco illuminato. Che cosa significa? La festa è finita? Ma non è uscito nessuno! Solo pochi minuti fa si rodeva il cuore dalla gelosia e adesso non prova altro che paura, nient'altro che paura per Chantal. È pronto a fare qualunque cosa per lei, ma non sa cosa può fare, e questo è davvero insopportabile: non sa come aiutarla, eppure lui solo può aiutarla, lui, lui solo, perché lei non ha nessun altro al mondo, nessun altro in nessuna parte del mondo.

Con il volto bagnato di lacrime, si alza, fa qualche passo verso la casa e grida il nome di Chantal.

49

Il settantenne, reggendo in mano un'altra sedia, si ferma davanti a Chantal: « Dove vuole andare? ».

Lei è sorpresa e turbata nel vederselo davanti, e proprio in quel momento una intensa vampata di calore le sale dal profondo del corpo, le pervade il ventre e il petto, le ricopre il viso. È tutta in fiamme. È nuda, paonazza, e lo sguardo dell'uomo che si posa sul suo corpo le fa percepire ogni minimo frammento della sua ardente nudità. Con gesto meccanico si porta una mano al seno, come a volerlo nascondere. Dentro al suo corpo, le fiamme stanno rapidamente consumando il suo coraggio e la sua ribellione. All'improvviso si sente stanca. All'improvviso si sente debole.

L'uomo la prende per un braccio, la guida verso la sedia e mette quella che tiene in mano proprio di fronte a lei. Sono seduti, da soli, faccia a faccia, vicinissimi l'uno all'altro, al centro del salotto vuoto.

La corrente di aria fredda avvolge il corpo madido di Chantal, che comincia a tremare e, con voce flebile e supplichevole, domanda: « Non si può uscire di qui? ».

« Ma perché non vuole rimanere con me, Anne? » le chiede l'altro in tono di rimprovero.

« Anne? ». Chantal è agghiacciata dall'orrore. « Perché mi ha chiamata Anne? ».

« Non è forse questo il suo nome? ».

« Io non sono Anne! ».

« Ma da quando la conosco l'ho sempre chiamata Anne! ».

Dalla stanza attigua si udirono altri colpi di martello, e l'uomo girò la testa in quella direzione come se esitasse a intervenire. Chantal approfittò di quel momento di solitudine per tentare di capire: è già nuda, eppure continuano a spogliarla! A spogliarla del suo io! A spogliarla del suo destino! Dopo averle dato un altro nome, la abbandoneranno in mezzo a sconosciuti ai quali non riuscirà mai a spiegare chi veramente è.

Ormai non spera più di uscire da qui. Le porte sono state inchiodate. Occorre che, con molta modestia, cominci dall'inizio. E l'inizio è il suo nome. Vuole innanzitutto ottenere, come minimo indispensabile, che l'uomo seduto di fronte a lei la chiami con il suo nome – il suo vero nome. È la prima cosa che gli chiederà. Che pretenderà. Ma appena si è imposta di raggiungere tale scopo, si accorge che il suo nome è come bloccato nella sua mente: non se lo ricorda più.

Questa scoperta le provoca un terrore immenso, ma lei sa che è in gioco la sua stessa vita e che, per difendersi, per lottare, deve a ogni costo ritrovare il suo sangue freddo; facendo uno sforzo di concentrazione tenta di ricordare: al momento del battesimo le hanno dato tre nomi, proprio tre, e lei ne usa sempre solo uno, questo lo sa – ma quali erano quei tre nomi, e quale dei tre è quello che usa? Oddio, l'avrà sentito migliaia di volte, quel nome!

Le torna alla mente l'uomo che la amava. Se

fosse qui, la chiamerebbe con il suo nome. Forse, se lei riuscisse a ricordarsi il suo volto, le riuscirebbe anche di immaginare la bocca di lui che pronuncia il suo nome. Le sembra una buona pista: arrivare al suo nome attraverso quell'uomo. Si sforza di immaginarlo, ma anche stavolta vede una sagoma confusa che si dibatte in mezzo a una gran folla. È un'immagine sfocata, evanescente, ma lei si sforza di non lasciarsela sfuggire, di metterla a fuoco e di proiettarla nel passato: da dove è venuto quell'uomo? come mai si trovava in mezzo alla folla? perché si dibatteva?

Si sforza di estendere quel ricordo e le appare un giardino, un grande giardino con una villa in cui, in mezzo a molta altra gente, distingue un uomo di bassa statura, mingherlino, e si ricorda di aver avuto un figlio da lui, un figlio del quale non sa niente tranne che è morto...

« Dove vaga la sua mente, Anne? ».

Alza la testa e vede un vecchio seduto su una sedia di fronte a lei, che la guarda.

« Mio figlio è morto » dice. Il ricordo è troppo confuso, ed è proprio per questo che lo dice ad alta voce: pensa di riuscire così a renderlo più reale, di riuscire a trattenerlo, come fosse un pezzo della sua vita che le sta sfuggendo.

L'uomo si china verso di lei, le prende le mani, e con voce pacata e rassicurante, dice: « Anne, dimentichi suo figlio, dimentichi i suoi morti, pensi alla vita! ».

Le sorride. Poi fa un ampio gesto con la mano come se volesse indicare qualcosa di immenso e di sublime: « La vita! La vita, Anne, la vita! ».

Quel sorriso e quel gesto la riempiono di spavento. Si alza in piedi. Sta tremando. Anche la voce le trema: « Quale vita? Che cos'è quella che lei chiama vita? ».

La domanda che ha appena formulato senza riflettere ne richiama un'altra: e se fosse già morta? se fosse proprio questo, la morte?

Spinge indietro la sedia che rotola attraverso il salotto e va a finire contro il muro. Vorrebbe gridare, ma le parole non le vengono. E dalla sua bocca esce solo un lungo e inarticolato « aaaaa ».

50

« Chantal! Chantal! Chantal! ».

Jean-Marc stringeva fra le braccia il corpo di lei, scosso da quel grido.

« Svegliati! Non è vero! ».

Ma lei tremava, fra le sue braccia, mentre Jean-Marc continuava a dirle che non era vero.

Alla fine, lei ripeté con lui: « No, non è vero, non è vero », e lentamente, molto lentamente, si calmò.

E io mi domando: chi ha sognato? Chi ha sognato questa storia? Chi l'ha immaginata? Lei? Lui? Tutti e due? Ciascuno per l'altro? E a partire da quale momento la loro vita reale si è trasformata in quell'atroce fantasticheria? Quando il treno è sprofondato sotto la Manica? O forse prima? La mattina in cui lei gli ha annunciato che partiva per Londra? O ancora prima? Il giorno in cui, nello studio del grafologo, lei ha incontrato il cameriere del caffè di quel paesino normanno? O ancora prima? Quando Jean-Marc le ha mandato la prima lettera? Ma le ha poi mandate davvero, quelle lettere? O le ha scritte solo nella sua immaginazione? In quale preciso momento il reale si è trasformato in irreale, la realtà in fantasia? Dov'era la frontiera? La frontiera, dov'è?

51

Vedo le loro due teste, di profilo, illuminate da una piccola lampada da comodino: la testa di Jean-Marc appoggiata sul cuscino, quella di Chantal china su di lui, a pochi centimetri dal suo viso.

Lei diceva: « Non staccherò più gli occhi da te. Ti guarderò continuamente ».

E, dopo una pausa: « Ho paura, quando le mie palpebre si abbassano. Paura che nell'attimo in cui il mio sguardo si spegne al tuo posto si insinui un serpente, un ratto, o un altro uomo ».

Lui cercava di sollevarsi un poco per poterla sfiorare con le labbra.

Lei scuoteva la testa: « No, voglio soltanto guardarti ».

E poi: « Lascerò la lampada accesa per tutta la notte. Tutte le notti ».

Terminato nell'autunno del 1996

FINITO DI STAMPARE NEL DICEMBRE 1997
DALLA TECHNO MEDIA REFERENCE S.R.L. - MILANO

Printed in Italy

FABULA

VOLUMI PUBBLICATI

1. Milan Kundera, *L'insostenibile leggerezza dell'essere* (21ª ediz.)
2. Ingeborg Bachmann, *Il trentesimo anno* (9ª ediz.)
3. Guido Morselli, *Dissipatio H.G.* (8ª ediz.)
4. Thomas Bernhard, *Il soccombente* (9ª ediz.)
5. Bruce Chatwin, *Sulla collina nera* (6ª ediz.)
6. Milan Kundera, *Lo scherzo* (12ª ediz.)
7. Aldo Busi, *Seminario sulla gioventù* (5ª ediz.)
8. Ingeborg Bachmann, *Tre sentieri per il lago* (7ª ediz.)
9. Anna Maria Ortese, *L'Iguana* (6ª ediz.)
10. Danilo Kiš, *Giardino, cenere*
11. Guido Morselli, *Roma senza papa* (6ª ediz.)
12. Leonardo Sciascia, *1912+1* (5ª ediz.)
13. Ingeborg Bachmann, *Malina* (6ª ediz.)
14. Milan Kundera, *La vita è altrove* (8ª ediz.)
15. Guido Morselli, *Contro-passato prossimo* (3ª ediz.)
16. Clarice Lispector, *Vicino al cuore selvaggio* (3ª ediz.)
17. Vasilij Grossman, *Tutto scorre...*
18. Leonardo Sciascia, *Porte aperte* (7ª ediz.)
19. Anna Maria Ortese, *In sonno e in veglia* (2ª ediz.)
20. Giampaolo Rugarli, *La troga* (2ª ediz.)
21. Thomas Bernhard, *Perturbamento* (4ª ediz.)
22. Danilo Kiš, *Enciclopedia dei morti* (2ª ediz.)
23. Robert M. Pirsig, *Lo Zen e l'arte della manutenzione della motocicletta* (14ª ediz.)
24. Leonardo Sciascia, *A ciascuno il suo* (12ª ediz.)
25. Milan Kundera, *Amori ridicoli* (5ª ediz.)
26. Ingeborg Bachmann, *Il caso Franza*
27. Andrzej Szczypiorski, *La bella signora Seidenman*
28. Leonardo Sciascia, *Il cavaliere e la morte* (4ª ediz.)
29. Thomas Bernhard, *Il respiro* (3ª ediz.)
30. Milan Kundera, *Il valzer degli addii* (5ª ediz.)
31. Ruve Masada, *Il principio della piramide*
32. Leonardo Sciascia, *Il Consiglio d'Egitto* (5ª ediz.)
33. Fleur Jaeggy, *I beati anni del castigo* (10ª ediz.)
34. J. Rodolfo Wilcock, *Lo stereoscopio dei solitari* (2ª ediz.)

35. Bruce Chatwin, *Utz* (8ª ediz.)
36. Guido Morselli, *Divertimento 1889* (5ª ediz.)
37. Thomas Bernhard, *Il nipote di Wittgenstein* (3ª ediz.)
38. Giuseppe Pontiggia, *L'arte della fuga* (2ª ediz.)
39. Leonardo Sciascia, *Candido* ovvero *Un sogno fatto in Sicilia* (6ª ediz.)
40. Milan Kundera, *L'immortalità*
41. Giorgio Manganelli, *Encomio del tiranno*
42. Enzo Muzii, *Punto di non ritorno*
43. Danilo Kiš, *Clessidra*
44. J. Rodolfo Wilcock, *La sinagoga degli iconoclasti* (2ª ediz.)
45. Thomas Bernhard, *A colpi d'ascia*
46. Bruce Chatwin, *Il viceré di Ouidah* (5ª ediz.)
47. David Garnett, *Aspetti dell'amore*
48. Franz Werfel, *Una scrittura femminile azzurro pallido* (11ª ediz.)
49. Giorgio Manganelli, *La palude definitiva*
50. David Vogel, *Vita coniugale*
51. Milan Kundera, *Il libro del riso e dell'oblio* (2ª ediz.)
52. Leonardo Sciascia, *Le parrocchie di Regalpetra* (4ª ediz.)
53. Juan Benet, *Nella penombra*
54. Guido Morselli, *Il comunista* (4ª ediz.)
55. Thomas Bernhard, *Il freddo* (2ª ediz.)
56. Muriel Spark, *Simposio* (2ª ediz.)
57. Álvaro Mutis, *L'ultimo scalo del Tramp Steamer* (5ª ediz.)
58. Roy Lewis, *Il più grande uomo scimmia del Pleistocene* (17ª ediz.)
59. Roberto Vigevani, *Dalla pancia di un orso bianco* (2ª ediz.)
60. Leonardo Sciascia, *Gli zii di Sicilia* (3ª ediz.)
61. Thomas Bernhard, *L'origine* (3ª ediz.)
62. André Malraux, *La Via dei Re*
63. Guido Morselli, *Un dramma borghese* (2ª ediz.)
64. Robert M. Pirsig, *Lila*
65. Thomas Bernhard, *Antichi Maestri* (3ª ediz.)
66. Leonardo Sciascia, *Il giorno della civetta* (8ª ediz.)
67. Josef Škvorecký, *Il sax basso*
68. Norman Maclean, *In mezzo scorre il fiume* (4ª ediz.)
69. Anna Maria Ortese, *Il cardillo addolorato* (6ª ediz.)
70. Paolo Maurensig, *La variante di Lüneburg* (15ª ediz.)
71. Muriel Spark, *Memento mori* (3ª ediz.)
72. Mario Soldati, *Salmace*

73. Roy Lewis, *La vera storia dell'ultimo re socialista*
74. Leonardo Sciascia, *Il contesto*
75. Thomas Bernhard, *Un bambino* (3ª ediz.)
76. Piero Meldini, *L'avvocata delle vertigini* (2ª ediz.)
77. Anna Maria Ortese, *Il mare non bagna Napoli* (2ª ediz.)
78. Joseph Mitchell, *Il segreto di Joe Gould*
79. Thomas Bernhard, *La cantina* (2ª ediz.)
80. Muriel Spark, *A mille miglia da Kensington*
81. Fleur Jaeggy, *La paura del cielo* (2ª ediz.)
82. Christina Stead, *Un tè e quattro chiacchiere*
83. Fruttero & Lucentini, *La donna della domenica*
84. Leonardo Sciascia, *Todo modo* (2ª ediz.)
85. Tim Parks, *Lingue di fuoco*
86. Milan Kundera, *La lentezza* (7ª ediz.)
87. Alberto Arbasino, *Specchio delle mie brame*
88. Yakup Kadri Karaosmanoğlu, *Nur Baba*
89. Edgardo Franzosini, *Raymond Isidore e la sua cattedrale*
90. V.S. Naipaul, *Una via nel mondo*
91. Leonardo Sciascia, *Il mare colore del vino*
92. Muriel Spark, *La ballata di Peckham Rye*
93. Piero Meldini, *L'antidoto della malinconia* (4ª ediz.)
94. Anna Maria Ortese, *Alonso e i visionari*
95. V.S. Naipaul, *In uno Stato libero*
96. Cathleen Schine, *La lettera d'amore* (12ª ediz.)
97. Andrzej Szczypiorski, *Notte, giorno e notte*
98. Thomas Bernhard, *Estinzione*
99. Leonardo Sciascia, *La scomparsa di Majorana* (3ª ediz.)
100. Álvaro Mutis, *La casa di Araucaíma*
101. Jamaica Kincaid, *Autobiografia di mia madre*
102. Fabrizio Dentice, *Perros de España*
103. Franz Hessel, *Romanza parigina*
104. Frank McCourt, *Le ceneri di Angela* (3ª ediz.)
105. Milan Kundera, *L'identità* (5ª ediz.)
106. Jacob Presser, *La notte dei Girondini* (2ª ediz.)